A JUBA DO LEÃO

e outras histórias

ARTHUR CONAN DOYLE nasceu em Edimburgo, na Escócia, em 1859. Formou-se em Medicina pela Universidade de Edimburgo em 1885, quando montou um consultório e começou a escrever histórias de detetive. *Um estudo em vermelho*, publicado em 1887 pela revista *Beeton's Christmas Annual*, introduziu ao público aqueles que se tornariam os mais conhecidos personagens de histórias de detetive: Sherlock Holmes e Dr. Watson. Com eles, Conan Doyle imortalizou o método de dedução utilizado nas investigações e o ambiente da Inglaterra vitoriana. Seguiram-se outros três romances e inúmeras histórias com os personagens, publicados nas revistas *Strand*, *Collier's* e *Liberty* e posteriormente reunidos em cinco livros. Outros trabalhos de Conan Doyle foram freqüentemente obscurecidos por sua criação mais famosa, e em dezembro de 1893 ele matou Holmes (junto com o vilão professor Moriarty), tendo a Áustria como cenário, no conto "O problema final" (*Memórias de Sherlock Holmes*). Holmes ressuscitou no romance *O cão dos Baskerville*, publicado entre 1902-1903, e no conto "A casa vazia" (*A ciclista solitária*), de 1903, quando Conan Doyle sucumbiu à pressão do público e revelou que o detetive conseguira burlar a morte. Conan Doyle foi nomeado cavaleiro em 1902 pelo apoio à política britânica na guerra da África do Sul. Morreu em 1930.

OBRAS DO AUTOR NA COLEÇÃO **L&PM** POCKET

Aventuras inéditas de Sherlock Holmes
A ciclista solitária e outras histórias
Um escândalo na Boêmia e outras histórias
O cão dos Baskerville
Dr. Negro e outras histórias
Um estudo em vermelho
A juba do leão e outras histórias
Memórias de Sherlock Holmes
A nova catacumba e outras histórias
Os seis bustos de Napoleão e outras histórias
O signo dos quatro
O solteirão nobre e outras histórias
O último adeus de Sherlock Holmes
O vale do terror
O vampiro de Sussex e outras histórias

Arthur Conan Doyle

A JUBA DO LEÃO
e outras histórias

Tradução de Jorge Ritter

www.lpm.com.br
L&PM POCKET

Coleção **L&PM** Pocket, vol. 214

Primeira edição na Coleção **L&PM** POCKET: julho de 2005

Tradução: Jorge Ritter
Capa: Marco Cena
Revisão: Renato Deitos, Flávia Lima, Jó Saldanha e Bianca Pasqualini

ISBN: 85.254.1083-7

D754j	Doyle, Arthur Conan, Sir, 1859-1930
	A juba do leão e outras histórias / Arthur Conan Doyle; tradução de Jorge Ritter. — Porto Alegre: L&PM, 2005.
	160 p. ; 18 cm — (Coleção L&PM Pocket)
	1. Ficção inglesa policial. I. Título. II. Série.
	CDD 823.872
	CDU 820-312.4

Catalogação elaborada por Izabel A. Merlo, CRB 10/329.

© da tradução, L&PM Editores, 2005

Todos os direitos desta edição reservados à L&PM Editores
PORTO ALEGRE: Rua Comendador Coruja 314, loja 9 - 90220-180
Floresta - RS / Fone: 51.3225.5777
PEDIDOS & DEPTO. COMERCIAL: vendas@lpm.com.br
FALE CONOSCO: info@lpm.com.br
www.lpm.com.br

IMPRESSO NO BRASIL
Inverno de 2005

SUMÁRIO

Prefácio / 7
O problema da ponte de Thor / 11
O homem que andava de rastos / 46
A juba do leão / 74
A inquilina de rosto coberto / 100
O velho solar de Shoscombe / 116
O negro aposentado / 139

Prefácio

Temo que o sr. Sherlock Holmes possa se tornar um desses tenores populares que, tendo sobrevivido ao seu tempo, segue receptivo à idéia de fazer sucessivas despedidas às suas indulgentes platéias. Isso tem que acabar, e Holmes deve seguir o destino de toda carne, material ou imaginária. Certas pessoas gostam de pensar que existe uma espécie de limbo fantástico para os filhos da imaginação, um lugar estranho, impossível, onde os galãs de Fielding continuam amando as beldades de Richardson, onde os heróis de Scott seguem garbosos, onde os deliciosos *cockneys* de Dickens ainda provocam risadas, e os personagens mundanos de Thackeray continuam levando suas carreiras repreensíveis. Talvez em algum cantinho de tal Valhalla*, Sherlock e o seu Watson encontrem um lugar provisório, enquanto algum detetive mais astuto e um parceiro ainda menos sagaz possam preencher a vaga deixada por eles.

A carreira de Sherlock foi longa – se bem que se possa exagerá-la. Velhos senhores decrépitos que se aproximam de mim e declaram que as aventuras dele foram decisivas na formação de suas leituras quando pequenos não recebem de mim a resposta que parecem esperar. Ora, ninguém está ansioso para ser confrontado com sua idade de modo tão descortês.

---

* Imenso salão da mitologia nórdica presidido por Odin. (N. do T.)

Atendo-me friamente aos fatos, Holmes fez sua estréia em *Um estudo em vermelho* e em *O signo dos quatro*, duas pequenas obras publicadas entre 1887 e 1889. Foi em 1891 que *Um escândalo na Boêmia*, o primeiro de uma longa série de contos, apareceu em *The strand magazine*. O público o recebeu muito bem e ficou desejoso de mais. Assim, daquela data em diante, trinta e seis anos atrás, esses contos vêm sendo publicados em séries descontinuadas, que agora perfazem não menos do que 56 histórias, reunidas em *As aventuras*, *As memórias*, *O retorno* e *O último adeus*, de modo que sobraram dispersos esses doze contos publicados nos últimos anos e que agora estão reunidos sob o título de *Os casos de Sherlock Holmes**.

Ele começou suas aventuras em pleno coração da última Era Vitoriana, atravessou o curto reinado de Edward e conseguiu administrar e manter seu próprio e pequeno nicho mesmo nestes dias frenéticos. Dessa forma, seria verdade dizer que aqueles que o leram primeiramente quando jovens, viveram para ver seus próprios filhos acompanharem as mesmas aventuras, na mesma revista. É um exemplo esmagador da paciência e da lealdade do público britânico.

Eu estava plenamente determinado, ao concluir *As memórias*, a encerrar a carreira de Holmes, pois sen-

---

* Os livros de contos de Sherlock Holmes foram publicados na Coleção **L&PM** Pocket seguindo a seguinte divisão: *Um escândalo na Boêmia e outras histórias*, vol.107, e *O solteirão nobre e outras histórias*, vol.112 (*The adventures of Sherlock Holmes*); *As memórias de Sherlock Holmes*, vol.166; *A ciclista solitária e outras histórias*, vol.189, e *Os seis bustos de Napoleão e outras histórias*, vol.190 (*The return of Sherlock Holmes*); *A juba do leão e outras histórias*, vol.214, e *O vampiro de Sussex e outras histórias*, vol.219 (*The case-book of Sherlock Holmes*); *O último adeus de Sherlock Holmes*, vol.285 (*His last bow*); além de *As aventuras inéditas de Sherlock Holmes*, vol.70 (*The final adventures of Sherlock Holmes*). (N. do E.)

tia que as minhas energias literárias não deviam ser direcionadas de modo tão direto para apenas um canal. Aquele rosto pálido e de traços definidos, aquela figura lassa estava roubando uma parte irrecuperável da minha imaginação. Cumpri a dura missão, e, afortunadamente, nenhum médico-legista ocupou-se do atestado de óbito. E assim, após um longo intervalo, não me foi difícil responder ao lisonjeiro pedido de explicar meu temerário ato. Jamais me arrependi do que fiz, pois, de fato, na prática, descobri que esses pequenos esboços não evitaram que eu explorasse e encontrasse as minhas limitações em campos tão variados da literatura como a história, a poesia, os romances históricos, a pesquisa psíquica e o drama. Ainda que Holmes não tivesse existido, eu não teria ido além, apesar de que ele talvez tenha atrapalhado um pouco o caminho para o reconhecimento dos meus trabalhos literários de maior seriedade.

Pois bem, leitor, digamos adeus a Sherlock Holmes! Agradeço por sua constância no passado, esperando que tenha trazido algum retorno, mesmo que na forma de distração para as preocupações da vida, estimulando a mudança de pensamento que só pode ser encontrada no reino encantado do romance.

Arthur Conan Doyle, 1927

O problema da ponte de Thor

Em algum lugar nos cofres do banco Cox & Co., em Charing Cross, há uma caixa metálica para documentos, gasta e golpeada em tantas viagens, que traz meu nome, dr. John H. Watson, veterano do Exército Indiano, pintado sobre a tampa. Ela está abarrotada de papéis, quase todos eles registros de casos que ilustram os problemas singulares com os quais o sr. Sherlock Holmes teve de lidar em diversas épocas. Alguns deles, e não os menos interessantes, foram completos fracassos, e como tais mal valem a pena serem narrados, visto que não há um esclarecimento final à vista. Um problema sem solução pode interessar ao estudioso, mas dificilmente deixará de irritar o leitor casual. Entre essas narrativas inacabadas está a do sr. James Phillimore, que, voltando para buscar seu guarda-chuva em casa, nunca mais foi visto neste mundo. Não menos extraordinária é a história do cúter *Alicia*, que adentrou velejando um pequeno trecho com nevoeiro, em uma manhã de primavera, de onde nunca mais emergiu, tampouco se ouviu qualquer notícia sobre o barco ou sua tripulação. Um terceiro caso que vale ser lembrado é o de Isadora Persano, a conhecida jornalista e duelista, encontrada com uma expressão totalmente louca em frente a uma caixa de fósforos contendo um verme excepcional, desconhecido para a ciência. Fora esses casos inescrutáveis, há alguns que envolvem segredos de família que causariam consternação em muitas esferas de alta classe da sociedade caso se tornassem públicos. Não preciso dizer que tal quebra de confiança é impensável, e que esses registros serão separados e destruídos agora que meu amigo tem tempo para voltar suas energias para o assunto. Resta um resíduo considerável de casos de maior ou menor interesse que eu poderia ter editado antes, caso não tivesse o receio de fartar o público, que poderia voltar-se contra a reputação do homem que reverencio mais que qualquer outro. Em alguns casos estive envolvido e posso falar como testemunha, enquanto em outros estava ausente ou tive um papel tão insignificante que eles poderiam ser contados somente por uma terceira pessoa. O relato seguinte é descrito a partir de minha própria experiência.

Era uma manhã tempestuosa de outubro, e enquanto me vestia, observei como as últimas folhas do plátano solitário que adorna o quintal dos fundos de nossa casa estavam sendo levadas pelo vento. Desci para o café-da-manhã preparado para encontrar meu parceiro deprimido, pois, assim como todos os grandes artistas, ele era facilmente impressionado pelo que o rodeava. Mas ao contrário, percebi que tinha quase terminado sua refeição e que o seu humor estava particularmente radiante e alegre, com aquela jovialidade de certa forma ameaçadora, característica de seus momentos mais leves.

– Você tem um caso, Holmes? – observei.

– A capacidade da dedução é certamente contagiosa, Watson – respondeu ele. – Ela possibilitou que você devassasse meu segredo. Sim, tenho um caso. Após um mês de trivialidades e estagnação, as rodas movimentam-se mais uma vez.

– Posso fazer parte?

– Há pouco o que compartilhar, mas podemos discutir o assunto quando você tiver consumido os dois ovos duros com os quais a nossa cozinheira nova nos agraciou. O estado deles pode não estar desvinculado do exemplar do *Family Herald* que notei ontem sobre a mesa da sala. Mesmo uma tarefa tão comum como cozinhar um ovo demanda uma atenção consciente da passagem do tempo, incompatível com a história de amor naquele excelente periódico.

Quinze minutos depois a mesa tinha sido limpa e estávamos face a face. Ele havia tirado uma carta do bolso.

– Você ouviu falar de Neil Gibson, o Rei do Ouro? – disse ele.

– Você quer dizer o senador norte-americano?

– Bom, ele foi um dia senador por algum estado do Oeste, mas é mais conhecido como o maior magnata minerador de ouro no mundo.

– Sim, já ouvi falar. Ele mora na Inglaterra faz algum tempo. Seu nome é muito familiar.

– Sim; ele comprou uma propriedade considerável em Hampshire uns cinco anos atrás. Talvez você já saiba do fim trágico da sua mulher?

– É claro. Eu me lembro agora. É por isso que o nome é familiar. Mas realmente não sei nada dos detalhes.

Holmes acenou com a mão em direção a alguns papéis sobre uma cadeira.

– Eu não fazia idéia de que o caso cairia em minhas mãos, ou teria minhas anotações prontas – disse ele. – O fato é que o problema, apesar de extraordinariamente sensacional, aparentava não apresentar nenhuma dificuldade. A personalidade interessante da acusada não obscurece a clareza das provas. Esse foi o ponto de vista assumido pelo júri de instrução e também no inquérito policial. O caso foi enviado agora para o tribunal de Winchester. Temo que seja um negócio ingrato. Eu posso descobrir fatos, Watson, mas não posso mudá-los. A não ser que fatos inteiramente novos e inesperados venham à luz, não vejo que esperança meu cliente possa ter.

– O seu cliente?

– Ah, esqueci que não havia lhe dito. Estou começando a ter sua estranha mania, Watson, de contar uma história de trás para frente. Você deve ler isso primeiro.

A carta que ele me passou, escrita com uma caligrafia segura e firme, dizia o que segue:

Hotel Claridge, *3 de outubro*
Caro sr. Sherlock Holmes,

Não posso ver a melhor mulher que Deus já criou ir para sua morte sem fazer todo o possível para salvá-la. Não posso explicar as coisas – não posso sequer tentar explicá-las –, mas sei, sem sombra de dúvida, que a srta. Dunbar é inocente. O senhor conhece os fatos – quem não os conhece? O caso tem sido a fofoca nacional. E nunca uma voz se ergueu para defendê-la! É a maldita injustiça disso tudo que me deixa maluco. Aquela mulher tem um coração que não a deixaria matar uma mosca. Bom, eu vou visitá-lo às onze horas amanhã e ver se o senhor consegue lançar alguma luz sobre a escuridão. Talvez eu tenha uma pista e não saiba. De qualquer forma, tudo que sei e tudo que tenho e sou estão a sua disposição se o senhor puder salvá-la. Se em algum momento de sua vida o senhor mostrou seus poderes, aplique-os agora neste caso.
Sinceramente,

J. Neil Gibson

– Aí está – disse Sherlock Holmes, batendo as cinzas do seu cachimbo pós-café-da-manhã e enchendo-o vagarosamente. – Esse é o cavalheiro que estou esperando. Com relação à história, você tem pouco tempo para estudar com profundidade todos esses papéis, então vou fazer-lhe um resumo para que você se inteire do processo. Esse homem é o maior poder financeiro do mundo, e um homem, da forma que vejo, com um caráter violento e opressor. Ele se casou com uma mulher, a vítima da tragédia, de quem eu nada sei, exceto que ela já passara do auge de sua beleza, fato ainda mais infeliz, já que uma governanta muito atraente veio supervisionar a educação das duas crianças pequenas. Essas são as três pessoas que dizem respeito ao caso, e o cenário é uma velha mansão, o centro de uma propriedade inglesa histórica. Então, vamos à tragédia: a esposa foi encontrada nas terras da propriedade a quase um quilômetro da casa, tarde da noite, vestida para jantar, com um xale sobre os ombros e uma bala de revólver atravessada no cérebro. Nenhuma arma foi encontrada próxima a ela e não havia uma pista sequer no local sobre o assassinato. Nenhuma arma próxima a ela, Watson – anote isso! O crime parece ter sido cometido tarde da noite, e o corpo foi encontrado por um guarda-caça em torno das onze horas, quando foi examinado pela polícia e por um médico antes de ser levado para casa. Isso está muito resumido, ou você consegue me acompanhar com clareza?

– Tudo está muito claro. Mas por que suspeitar da governanta?

– Bom, em primeiro lugar há uma prova muito direta. Um revólver com uma câmara deflagrada e um calibre que correspondia à bala foi encontrado no fundo do seu guarda-roupa. – Seus olhos fixaram-se e ele repetiu em palavras entrecortadas, no-fundo-do-seu-guarda-roupa. Então afundou em silêncio, e vi que algum encadeamento de pensamentos havia sido colocado em movimento, o qual eu seria um tolo em interromper. Subitamente, com um lampejo, ele emergiu vigoroso para a vida mais uma vez. – Sim, Watson, ela foi encontrada. Bastante incriminador, eh? Assim pensaram o júri de instrução e o inquérito policial. Mais ainda, a mulher morta tinha uma nota consigo, assinada pela governanta, em que um encontro era marcado naquele mesmo lugar. Que tal isso? Finalmente, existe o motivo. O senador Gibson é uma pessoa atraente. Se a sua esposa morre, quem teria mais chance de sucedê-la que a jovem dama que, segundo todos dizem, recebia insistentes avanços por parte de seu empregador? Amor, fortuna, poder, tudo dependendo de uma vida de meia-idade. Feio, Watson, muito feio!

– Sim, realmente, Holmes.

– Tampouco ela pôde provar um álibi. Ao contrário, teve de admitir que estava fora, próxima da ponte de Thor – que foi a cena da tragédia –, em torno daquela hora. Ela não poderia negá-lo, pois um aldeão de passagem a viu lá.

– Isso realmente parece ser definitivo.

– E no entanto, Watson, e no entanto! Essa ponte – um único vão amplo de pedra com amuradas balaustradas – passa sobre a parte mais estreita de um lençol d'água longo, fundo e com uma margem de juncos. Lago Thor, ele é chamado. Na entrada da ponte jazia a mulher morta. Esses são os principais fatos. Mas aqui, se não estiver errado, está o nosso cliente, que chega consideravelmente antes da hora.

Billy havia aberto a porta, mas o nome que ele anunciou era inesperado. O sr. Marlow Bates era um estranho para ambos. Magro, um fiapo nervoso de um homem com olhos assustados e um jeito hesitante, com tiques – um homem que o meu próprio olhar profissional julgaria estar à beira de um ataque de nervos.

– O senhor parece agitado, sr. Bates – disse Holmes. – Por favor, sente-se. Temo que só possa lhe conceder pouco tempo, visto que tenho um encontro marcado às onze horas.

– Eu sei que o senhor tem – respondeu ofegante nosso visitante, lançando frases curtas como se estivesse lhe faltando ar. – O sr. Gibson está chegando. O sr. Gibson é o meu patrão. Eu administro a sua propriedade. Sr. Holmes, ele é um vilão – um vilão detestável.

– Palavras fortes, sr. Bates.

– Eu tenho de ser enfático, sr. Holmes, pois o tempo é tão curto. Eu não deixaria que ele me encontrasse aqui por nada neste mundo. Ele deve estar chegando. Mas eu estava em tal posição que não pude vir mais cedo. O seu secretário, o sr. Ferguson, contou-me apenas esta manhã do encontro marcado consigo.

– E o senhor é o seu administrador?

– Eu já entreguei meu pedido de demissão. Em duas semanas devo ter me livrado de sua maldita escravidão. Um homem duro, sr. Holmes, duro em todos os aspectos. Aquelas caridades públicas são uma cortina para cobrir suas perversidades privadas. Mas a esposa era a sua principal vítima. Ele era brutal com ela – sim, senhor, brutal! Como ela encontrou a morte eu não sei, mas tenho certeza de que ele tornou sua vida um tormento. Ela era uma criatura dos trópicos, brasileira de nascimento, como o senhor já deve saber.

– Não, esse fato havia me escapado.

– Tropical de nascimento e tropical por natureza. Uma filha do sol e da paixão. Ela o havia amado como só essas mulheres podem amar, mas quando os seus encantos físicos desapareceram gradualmente – e me disseram que no passado haviam sido maravilhosos –, ela não tinha mais nada que o segurasse. Nós todos gostávamos dela, nos preocupávamos com ela e o odiávamos pela forma como a tratava. Mas ele é enganador e dissimulado. Isso é tudo que tenho a lhe dizer. Não o tome pelo que aparenta. Existe mais por detrás. Agora eu vou. Não, não, não me detenha! Ele está quase chegando.

Com um olhar assustado para o relógio, nosso estranho visitante literalmente correu para a porta e desapareceu.

– Bem! Bem! – disse Holmes, após um intervalo de silêncio. – O sr. Gibson parece ter uma criadagem leal. Mas o aviso é útil, e agora podemos somente esperar que o próprio homem apareça.

Pontualmente ouvimos passos pesados nas escadas e o famoso milionário foi introduzido na sala. Quando olhei para ele entendi não somente os medos e a antipatia do seu administrador, mas também as execrações que tantos rivais nos negócios haviam lhe despejado sobre a cabeça. Se eu fosse um escultor e desejasse idealizar um homem de negócios bem-sucedido, com nervos de aço e uma consciência endurecida, deveria escolher como modelo o sr. Neil Gibson. Sua figura alta, corpulenta e com traços marcantes sugeria avidez e voracidade. Um Abraham Lincoln ligado a atividades inferiores em vez de superiores daria alguma idéia do homem. Sua face poderia ter sido talhada em granito: resoluta, macilenta, sem piedade, com profundas linhas marcadas, as cicatrizes de muitas crises. Olhos frios acinzentados, mirando sagazmente sob sobrancelhas encrespadas, examinaram-nos um de cada vez. Ele se curvou de forma negligente quando Holmes mencionou meu nome, e então, com um ar autoritário de posse, levou uma cadeira até meu companheiro e sentou-se, quase o tocando com seus joelhos ossudos.

– Deixe-me dizer agora mesmo, sr. Holmes – ele começou –, que o dinheiro não significa nada para mim neste caso. O senhor pode queimá-lo se isso lhe ajudar de alguma forma a esclarecer a verdade. Essa mulher é inocente e tem de ser reabilitada, e cabe ao senhor fazê-lo. Diga seu preço!

– Meus encargos profissionais baseiam-se em uma escala fixa – disse Holmes, friamente. – Eles não variam, exceto quando deixo de cobrá-los.

– Bom, se dólares não fazem diferença para o senhor, pense na sua reputação. Se realizar essa proeza, todos os jornais da Inglaterra e da América do Norte vão saudá-lo calorosamente. O senhor será o assunto de dois continentes.

– Obrigado, sr. Gibson. Não creio estar precisando desse tipo de repercussão. Pode surpreendê-lo saber que prefiro trabalhar anonimamente, e que é o problema em si que me atrai. Mas nós estamos perdendo tempo. Vamos aos fatos.

– Acho que o senhor vai encontrar os fatos mais importantes nas reportagens da imprensa. Não sei se posso acrescentar qualquer coisa que possa ajudá-lo. Mas se o senhor precisar de algum esclarecimento – bom, estou aqui para dá-lo.

– Bom, há apenas um ponto.

– Qual é?

– Quais eram exatamente as relações entre o senhor e a srta. Dunbar?

O Rei do Ouro sobressaltou-se violentamente e quase levantou da cadeira. Então redobrou sua calma imponente.

– Suponho que o senhor está em seu direito – e talvez fazendo sua obrigação – ao perguntar tal questão, sr. Holmes.

— Nós vamos concordar ao supor que sim — disse Holmes.

— Então posso assegurá-lo de que as nossas relações foram inteiramente e sempre as de um empregador com uma jovem senhorita com quem nunca conversou, ou mesmo viu, a não ser quando ela estava em companhia dos filhos deles.

Holmes ergueu-se da cadeira.

— Eu sou um homem muito ocupado, sr. Gibson — disse ele — e não tenho tempo ou gosto por conversações sem sentido. Tenha um bom dia.

Nosso visitante havia se levantado também e sua figura enorme impunha-se sobre Holmes. Havia uma centelha de raiva sob aquelas sobrancelhas encrespadas e um vestígio de rubor nas faces descoradas.

— Que diabo significa isso, sr. Holmes? O senhor rejeita meu caso?

— Bom, sr. Gibson, pelo menos estou dispensando o senhor. Imagino que minhas palavras foram claras.

— Claras o suficiente, mas o que está por trás disso? Aumentar seu preço, medo de enfrentar o caso, ou o quê? Tenho direito a uma resposta direta.

— Bom, talvez o senhor tenha — disse Holmes. — Vou dar-lhe uma. Esse caso é suficientemente complicado para começo de conversa, sem precisar contar com o estorvo adicional de informações falsas.

— Quer dizer que estou mentindo?

— Bom, eu estava tentando expressar-me da forma mais educada possível, mas se o senhor insiste na palavra, não vou contradizê-lo.

De um salto eu estava de pé, pois a expressão que a face do milionário assumira era diabólica em sua intensidade, e ele havia erguido o enorme punho fechado. Holmes sorriu languidamente e buscou seu cachimbo com a mão.

– Não faça barulho, sr. Gibson. Até a menor discussão depois do café-da-manhã me aborrece. Sugiro que uma caminhada no ar da manhã e um pouco de reflexão em silêncio seriam muito vantajosos para o senhor.

Com esforço o Rei do Ouro dominou sua fúria. Não pude deixar de admirá-lo, pois, com um autocontrole supremo, em um minuto ele havia passado de uma chama quente de raiva para uma indiferença insolente e fria.

– Bom, a escolha é sua. Creio que o senhor sabe como tocar seu negócio. Não posso obrigá-lo a aceitar o caso. O senhor não se ajudou de forma alguma esta manhã, sr. Holmes, pois já dobrei homens mais fortes. Até hoje nenhum homem me contrariou e saiu ganhando com isso.

– Tantos já disseram isso, e, no entanto, aqui estou – disse Holmes sorrindo. – Bom, tenha um bom dia, sr. Gibson. O senhor tem muito a aprender.

Nosso visitante saiu com estardalhaço, mas Holmes continuou fumando em um silêncio imperturbável, mirando o teto com olhos sonhadores.

– Algo a dizer, Watson? – ele perguntou, finalmente.

– Bom, Holmes, devo confessar que quando considero que esse é um homem que tiraria qualquer obstáculo de seu caminho, e quando lembro que a sua esposa pode ter sido um obstáculo e um objeto de desprezo, como aquele homem Bates nos disse diretamente, me parece...

– Exatamente. Para mim também.

– Mas quais eram as suas relações com a governanta e como você as descobriu?

– Um blefe, Watson, um blefe! Quando levei em consideração o tom passional, incomum e amador de sua carta, e comparei-o com a sua postura e aparência contidas, ficou bastante claro que havia alguma emoção profunda que se centrava sobre a mulher acusada, e não sobre a vítima. Nós temos de entender as relações exatas dessas três pessoas se queremos chegar à verdade. Você viu o ataque frontal que fiz sobre ele e como ele o recebeu de modo imperturbável. Então blefei ao passar-lhe a impressão de que estava absolutamente certo, quando na realidade apenas suspeitava.

– Talvez ele volte?

– Certamente voltará. Ele *tem* de voltar. Não pode deixar como está. Ha! Isso não é a campainha? Sim, já ouço seus passos. Bom, sr. Gibson, eu estava recém dizendo para o dr. Watson que o senhor estava de certa forma atrasado.

O Rei do Ouro havia voltado à sala com o humor mais contido do que quando a havia deixado. O orgulho ferido ainda aparecia nos olhos ressentidos, mas o bom senso havia lhe mostrado que deveria ceder se quisesse alcançar sua finalidade.

– Eu andei pensando sobre o assunto, sr. Holmes, e sinto que estaria me precipitando ao tomar erroneamente suas declarações. O senhor está certo em ir direto aos fatos, quaisquer que eles sejam, e o considero mais por isso. Posso assegurar-lhe, no entanto, que as relações entre mim e a srta. Dunbar não afetam realmente esse caso.

– Isso é algo que eu devo decidir, não é?

– Sim, creio que sim. O senhor é como um cirurgião que quer saber todos os sintomas antes de dar um diagnóstico.

– Exatamente. Isso diz tudo. E apenas um paciente que tem interesse em enganar o seu cirurgião esconderia os fatos de seu caso.

— Talvez seja assim, mas o senhor vai admitir, sr. Holmes, que a maioria dos homens se retrai um pouco quando perguntados diretamente quais poderiam ser suas relações com uma mulher – se realmente existir algum sentimento sério no caso. Eu suponho que a maioria dos homens tem um recanto nas profundezas de suas almas onde eles não convidam invasores. E o senhor irrompe repentinamente nesse espaço. Bom, as apostas foram feitas e o recanto foi aberto, o senhor pode explorá-lo como desejar. O que é que o senhor quer?

— A verdade.

O Rei do Ouro hesitou por um momento como quem coloca em ordem seus pensamentos. A face severa, marcada, tornara-se mais grave e triste ainda.

— Posso contá-la em pouquíssimas palavras, sr. Holmes – disse ele afinal. – Existem algumas coisas que são dolorosas e difíceis de dizer, então não vou aprofundar-me mais do que o necessário. Conheci minha esposa quando estava prospectando ouro no Brasil. Maria Pinto era a filha de um representante do governo em Manaus, e era muito bonita. Eu era jovem e apaixonado naquela época, mas mesmo agora, quando olho para trás com sangue mais frio e um olhar mais crítico, posso perceber que ela era de uma beleza rara e maravilhosa. Era de uma natureza profundamente rica também, passional, de grande coração, tropical, com algum desequilíbrio, muito diferente das mulheres norte-americanas que havia conhecido. Bom, para resumir uma longa história, eu a amava e casei-me com ela. Foi somente quando o romance havia passado – e ele estendeu-se por anos – que me dei conta que não tínhamos nada – absolutamente nada – em comum. Meu amor esvaiu-se gradualmente. Se com o amor dela tivesse ocorrido o mesmo, teria sido mais fácil. Mas o senhor sabe o gênio maravilhoso das mulheres! Não importava o que eu fizesse, nada a afastava de mim. Se fui severo com ela, ou mesmo brutal como alguns disseram, foi porque eu sabia que se pudesse matar o seu amor, ou transformá-lo em raiva, seria mais fácil para nós dois. Mas nada a mudou. Ela me adorava naquele bosque inglês como o fizera vinte anos atrás nas margens do Amazonas. Não importava o que fizesse, sua devoção era a mesma de sempre.

"Então veio a srta. Dunbar. Ela respondeu ao nosso anúncio e tornou-se governanta dos nossos dois filhos. Talvez o senhor tenha visto o seu retrato nos jornais. Todo mundo diz também que ela é uma mulher muito bonita. Agora, não tenho a pretensão de ser mais moralista que meus vizinhos e admito para o senhor que não poderia viver sob o mesmo teto com uma mulher dessas e em contato diário com ela sem sentir uma ardente afeição. O senhor me culpa, sr. Holmes?"

– Não o culpo por senti-lo. Eu deveria culpá-lo se o senhor o expressasse, visto que essa jovem estava de certa forma sob sua proteção.

– Bom, talvez sim – disse o milionário, apesar de que, por um momento, a censura havia lhe trazido de volta o brilho de raiva aos olhos. – Não estou pretendendo ser melhor do que sou. Creio que em toda a minha vida fui um homem que buscou o que queria e nunca quis nada tão intensamente quanto o amor e a posse daquela mulher. Eu disse isso a ela.

– Oh, o senhor disse, disse mesmo?

Holmes podia ser terrível quando estimulado.

– Disse a ela que se eu pudesse me casar com ela o faria, mas que isso estava além dos meus poderes. Eu disse que o dinheiro não seria problema e que tudo o que pudesse fazer para torná-la feliz e tranqüila seria feito.

– Muito generoso, tenho certeza – disse Holmes com um sorriso de escárnio.

– Veja bem, sr. Holmes, vim vê-lo sobre uma questão de provas, não sobre princípios morais. Não estou pedindo a sua opinião.

– Peguei o seu caso somente pela jovem dama – disse Holmes asperamente. – Não creio que nenhuma acusação contra ela seja pior do que aquilo que o senhor mesmo admitiu: que tentou arruinar uma garota indefesa que estava sob seu teto. Alguns de vocês homens ricos têm de aprender que nem todo mundo pode ser subornado para fechar os olhos às suas transgressões.

Para minha surpresa, o Rei do Ouro tomou a censura com serenidade.

– É assim que me sinto a respeito do assunto agora. Agradeço a Deus que os meus planos não tenham funcionado como eu queria. Ela não aceitou de forma alguma, e queria deixar a casa imediatamente.

– Por que não o fez?

– Bom, em primeiro lugar, outros dependiam dela, e não era uma decisão fácil para ela prejudicá-los ao sacrificar seu meio de vida. Quando jurei – como o fiz – que ela nunca mais seria incomodada, ela consentiu em ficar. Ela sabia a influência que exerci sobre mim, e que era mais forte que qualquer outra influência no mundo. Ela queria usá-la para o bem.

– Como?

– Bom, ela sabia alguma coisa sobre os meus negócios. Eles são grandes, sr. Holmes – maiores do que um homem comum possa imaginar. Posso construir ou quebrar – e normalmente quebro. E não somente indivíduos. Eram comunidades, cidades, até mesmo nações. Os negócios são um jogo duro, e os fracos vão para a parede. Joguei o jogo de corpo e alma. Eu mesmo nunca reclamei e nunca me importei se outros reclamaram. Mas ela via isso de forma diferente. Acho que ela estava certa. Ela dizia que uma fortuna maior do que a que um homem necessitava não deveria ser construída sobre dez mil homens arruinados, deixados sem um meio de vida. Essa era a sua opinião, e creio que ela conseguia ver algo mais duradouro além dos dólares. Ela percebeu que eu a escutava e acreditava que estava prestando um serviço ao mundo ao influenciar minhas atitudes. Assim, ela ficou – e então ocorreu o fato.

– O senhor consegue jogar alguma luz sobre o caso?

O Rei do Ouro parou por um minuto ou mais, a cabeça enterrada nas mãos, perdido em um pensamento profundo.

– A situação está negra para ela. Não posso negá-lo. E as mulheres têm uma vida interior e podem fazer coisas além do julgamento de um homem. A princípio eu estava tão confuso e perturbado que cheguei a pensar que ela havia se deixado levar de alguma forma excepcional que era claramente contra a sua natureza. Uma explicação me ocorreu. Eu lhe direi, sr. Holmes, não importa o que signifique. Não há dúvida de que minha esposa era amargamente ciumenta. Existe um ciúme da alma que pode ser tão dramático quanto qualquer ciúme corporal, e, apesar de minha esposa não ter motivo algum para este – e acredito que ela sabia disso –, ela percebia que a garota inglesa exercia uma influência sobre minha mente e meus atos que ela nunca tivera. Era uma influência para o bem, mas isso não melhorou a questão. Ela estava louca de raiva, e o calor da Amazônia corria em seu sangue. Ela pode ter planejado assassinar a srta. Dunbar – ou, digamos, tê-la ameaçado com uma arma a fim de assustá-la e induzi-la a nos deixar. Então pode ter havido uma luta e a arma disparou e acertou a mulher que a empunhava.

– Essa possibilidade havia me ocorrido – disse Holmes. – Realmente, é a única alternativa óbvia a um assassinato deliberado.

– Mas ela a nega veementemente.

– Bom, mas isso não é definitivo, é? É compreensível que uma mulher colocada em uma posição tão difícil corra para casa segurando o revólver ainda em choque. Ela pode mesmo jogá-lo em meio às suas roupas, mal sabendo o que está fazendo, e, quando ele é encontrado, pode tentar achar uma saída negando completamente o fato, visto que qualquer explicação seria impossível. O que vai contra uma suposição como essa?

– A própria srta. Dunbar.

– Bom, talvez. – Holmes olhou para o relógio. – Não tenho dúvida de que conseguiremos as licenças necessárias esta manhã e chegaremos a Winchester no trem da noite. Quando tiver visto essa jovem, é bem possível que eu possa lhe ser mais útil nesse caso, apesar de que não posso prometer que minhas conclusões serão necessariamente as que o senhor deseja.

Houve algum atraso com o passe oficial, e em vez de chegar a Winchester naquele dia, fomos para Thor Place, a propriedade em Hampshire do sr. Neil Gibson. Ele não nos acompanhou, mas tínhamos o endereço do sargento Coventry, da polícia local, que foi o primeiro a examinar o caso. Era um homem alto, magro, cadavérico, com um jeito dissimulado e misterioso, que passava a idéia de que sabia ou suspeitava muito mais do que tinha a coragem de dizer. Ele tinha um truque, também, de subitamente baixar a voz em um sussurro como se tivesse algo de vital importância a falar, o que nem sempre se confirmava. Por trás desses truques de estilo, ele logo demonstrou ser um camarada decente, honesto, que não era orgulhoso em demasia para admitir que estava com a situação fora de seu controle e que receberia de braços abertos qualquer ajuda.

– De qualquer forma, eu prefiro o senhor à Scotland Yard, sr. Holmes – disse ele. – Se a Yard é chamada em um caso, então a polícia local perde todo o crédito pelo sucesso e pode ser culpada pelo fracasso. Agora, o senhor joga limpo, pelo que ouvi.

– Não preciso aparecer de forma alguma neste caso – disse Holmes, para o alívio evidente do nosso melancólico recém-conhecido. – Se eu puder esclarecê-lo, não pedirei para ter meu nome mencionado.

– Bom, isso é muito generoso de sua parte, tenho certeza. E o seu amigo, o dr. Watson, é digno de confiança, eu sei. Agora, sr. Holmes, enquanto caminhamos para o local, há uma questão que eu gostaria de lhe perguntar. Eu não a proferiria a nenhuma outra pessoa com exceção do senhor. – Ele olhou em volta como se mal tivesse a coragem de pronunciar as palavras. – O senhor não acha que pode haver um caso contra o próprio sr. Gibson?

– Eu estive considerando isso.

– O senhor ainda não viu a srta. Dunbar. Ela é uma mulher maravilhosa, fina, em todos os sentidos. Ele pode muito bem ter desejado tirar sua esposa do caminho. E esses norte-americanos são mais nervosos no gatilho do que a nossa gente. A pistola era *dele*, o senhor sabe.

– Isso foi bem averiguado?

– Sim, senhor. Era uma de um par que ele tinha.

– Uma de um par? Onde está a outra?

— Bom, o cavalheiro tinha muitas armas de fogo de um tipo ou outro. Nós não conseguimos encontrar o par daquela pistola em particular, mas a caixa era feita para duas.

— Se era uma de um par, certamente o senhor deveria ter encontrado uma que casasse com ela.

— Bom, nós temos todas elas expostas na casa, se o senhor quiser examiná-las.

— Mais tarde, talvez. Eu acho que nós vamos juntos dar uma olhada na cena da tragédia.

A conversa havia ocorrido na pequena sala da frente do modesto chalé do sargento Coventry, que servia como posto policial local. Uma caminhada de cerca de um quilômetro através de uma charneca varrida pelo vento, toda em ouro e bronze com os arbustos em tons outonais, nos levou ao portão de entrada lateral para as terras da propriedade Thor Place. Um caminho conduziu-nos através da agradável reserva, e então, de uma clareira, avistamos a casa ampla, metade em madeira, estilo meio Tudor e meio Georgiano, no cimo da colina. Ao nosso lado, havia uma lagoa extensa e cheia de junco, mais estreita no local onde o caminho principal para veículos passava sobre uma ponte de pedra, mas abrindo-se em pequenos lagos de cada lado. Nosso guia parou na entrada da ponte e apontou para o chão.

— Lá estava o corpo da sra. Gibson. Eu marquei o local com aquela pedra.

— O senhor chegou lá antes de ele ser removido?

— Sim, me chamaram imediatamente.

— Quem o chamou?

— O próprio sr. Gibson. No momento em que ele foi avisado e correu da casa com os outros, insistiu que nada deveria ser mexido até que a polícia chegasse.

– Isso foi sensato. Fiquei sabendo por meio da reportagem do jornal que o tiro foi dado à queima-roupa.

– Sim, senhor, muito próximo.

– Perto da têmpora direita?

– Logo atrás, senhor.

– Como estava deitado o corpo?

– De costas, senhor. Não havia sinais de luta. Nenhuma marca. Nenhuma arma. A nota curta da srta. Dunbar estava em sua mão esquerda fechada como uma garra.

– O senhor disse fechada como uma garra?

– Sim, senhor; nós mal conseguimos abrir seus dedos.

– Isso é muito importante. Exclui a idéia de que qualquer pessoa pudesse colocar a nota após a morte a fim de fornecer uma pista falsa. Meu Deus! A nota, que me lembre, era bastante curta. "Estarei na ponte de Thor às nove horas. G. Dunbar." Não era isso?

– Sim, senhor.

– A srta. Dunbar admite tê-la escrito?

– Sim, senhor.

– Qual foi a sua explicação?

– A sua defesa foi reservada para o tribunal. Ela não disse nada.

– O problema é certamente interessante. A questão da nota é muito obscura, não é?

– Bom, senhor – disse o guia –, parecia, se eu puder me atrever a dizer isso, que era o único ponto realmente claro em todo o caso.

Holmes sacudiu a cabeça.

– Considerando que a nota é genuína, ela foi certamente recebida algum tempo antes – digamos uma hora ou duas. Por que, então, essa senhora ainda a tinha agarrada em sua mão esquerda? Por que a carregaria tão cuidadosamente? Ela não precisaria dela durante a conversa. Isso não parece estranho?

– Bom, senhor, da forma que o senhor coloca, talvez seja.

– Acho que gostaria de ficar calado por alguns minutos e pensar a respeito. – Ele sentou-se na amurada de pedra da ponte, e pude ver seus rápidos olhos acinzentados lançando olhares questionadores para todas as direções. De repente, ele saltou e correu para o parapeito oposto, limpou suas lentes do bolso e começou a examinar a amurada de pedra.

– Isso é curioso – disse ele.

– Sim, senhor; nós vimos a lasca na amurada. Acredito que tenha sido feita por algum transeunte.

A pedra trabalhada era cinzenta, mas naquele ponto estava branca por um espaço não maior do que uma moeda de meio xelim. Quando examinada de perto, era possível ver que a superfície fora lascada por um golpe seco.

– Foi preciso alguma violência para fazer isso – disse Holmes pensativamente. Com a bengala ele golpeou a amurada várias vezes sem deixar uma marca. – Sim, foi um golpe forte. Em um lugar curioso, também. Ele não veio de cima, mas de baixo, pois o senhor pode ver que o ponto está no canto *inferior* do parapeito.

– Mas ele está a pelo menos cinco metros do corpo.

– Sim, ele está a cinco metros do corpo. Pode não ter nada a ver com o caso, mas é um dado que vale a pena ser levado em consideração. Não creio que tenhamos nada mais para ver aqui. O senhor disse que não havia marcas de passos?

– O chão estava imaculado, senhor. Não havia marca alguma.

– Então podemos ir. Vamos para a casa primeiro examinar essas armas de que o senhor fala. Depois temos de ir para Winchester, pois gostaria de ver a srta. Dunbar antes de seguir adiante.

O sr. Neil Gibson não havia voltado da cidade, mas na casa nós vimos o neurótico sr. Bates, que havia nos visitado de manhã. Ele nos mostrou com uma satisfação sinistra a coleção formidável de armas de fogo de vários formatos e tamanhos que o seu empregador havia acumulado no curso de uma vida aventurosa.

– O sr. Gibson tinha os seus inimigos, como esperaria qualquer um que o conhecesse e a seus métodos – disse ele. – Ele dorme com um revólver carregado na gaveta ao lado da cama. É um homem violento, senhor, e há momentos em que ficamos todos com medo dele. Eu tenho certeza de que a pobre senhora que morreu esteve muitas vezes aterrorizada.

– Alguma vez o senhor testemunhou violência física contra ela?

– Não, não posso dizer isso. Mas ouvi palavras que eram quase tão terríveis – palavras de desprezo, frias e cortantes, ditas mesmo diante dos empregados.

– O nosso milionário parece não brilhar na vida privada – comentou Holmes, enquanto seguíamos para a estação. – Bom, Watson, chegamos a vários fatos interessantes, alguns novos, e mesmo assim eu sinto estar um pouco distante de minha conclusão. Apesar do desprezo bastante evidente que o sr. Bates tem por seu patrão, deduzo a partir dele que quando foi avisado ele sem dúvida estava em sua biblioteca. O jantar havia terminado às oito e trinta e tudo estava normal até aquele momento. É verdade que o aviso foi dado um pouco tarde na noite, mas a tragédia certamente ocorreu em torno da hora mencionada na nota. Não há evidência alguma de que o sr. Gibson tenha saído para a rua desde o seu retorno da cidade às cinco horas. Por outro lado, a srta. Dunbar, da forma que compreendi, admite ter marcado um encontro com a sra. Gibson na ponte. Além disso, ela não diria nada, visto que seu advogado a havia aconselhado a preservar sua defesa. Nós temos várias questões extremamente vitais para perguntar a essa jovem, e minha mente não vai descansar até a vermos. Devo confessar que a situação estaria preta para ela se não fosse por uma coisa.

– E o que é, Holmes?

– A pistola em seu guarda-roupa.

– Meu Deus, Holmes! – protestei –, esse me pareceu o incidente mais incriminador de todos.

– Nem tanto, Watson. Chamou-me a atenção, mesmo em minha primeira leitura, como muito estranho, e agora que estou mais próximo do caso, esse é a única possibilidade de esperança. Precisamos procurar por coerência. Onde há falta disso, temos de suspeitar de fraude.

– Eu mal consigo acompanhá-lo.

– Bom, agora, Watson, suponha por um momento que você seja uma mulher que, de forma fria, premeditada, está prestes a se livrar de uma rival. Você planejou isso. A nota foi escrita. A vítima apareceu. Você tem a sua arma. O crime é praticado. Foi profissional e completo. Você acha que, após levar adiante um crime tão engenhoso, você arruinaria a sua reputação como criminoso esquecendo de arremessar a arma no meio dos juncos, que a cobririam para sempre, e, em vez disso, a carregaria cuidadosamente para casa e a colocaria no seu próprio guarda-roupa, justamente o primeiro lugar que seria revistado? Os seus melhores amigos dificilmente o chamariam de estrategista, Watson, e eu mesmo não conseguiria imaginá-lo fazendo algo tão grosseiro.

– Na excitação do momento...

– Não, não, Watson, não vou admitir que isso seja possível. Onde um crime é friamente premeditado, os meios para encobri-lo são também friamente premeditados. Espero, portanto, que estejamos diante de um sério erro de avaliação.

– Mas há tanto para explicar.

– Bom, nós vamos começar a explicar. Uma vez que o seu ponto de vista tenha sido modificado, o próprio fato que era tão incriminador torna-se uma pista para a verdade. Por exemplo, há um revólver. A srta. Dunbar nega qualquer conhecimento a respeito. De acordo com a nossa nova teoria, ela está falando a verdade quando diz isso. Portanto, ele foi colocado em seu guarda-roupa. Quem o colocou lá? Alguém que gostaria de incriminá-la. Essa pessoa não foi o verdadeiro criminoso? Vê como chegamos imediatamente a uma linha de investigação bastante proveitosa.

Fomos obrigados a passar a noite em Winchester, pois as formalidades ainda não haviam sido completadas, mas na manhã seguinte, na companhia do sr. Joyce Cummings, o advogado em ascensão a quem havia sido confiada a defesa, foi permitido que visitássemos a jovem em sua cela. Eu esperava, a partir de tudo que havíamos ouvido, ver uma mulher bonita, mas nunca vou esquecer o efeito que a srta. Dunbar produziu sobre mim. Não causa espanto que mesmo o autoritário milionário tenha encontrado nela algo mais poderoso que ele mesmo – algo que poderia controlá-lo e guiá-lo. Sentia-se, também, ao olhar para aquela face forte, de linhas marcantes e ainda assim sensível, que, mesmo sendo capaz de um gesto impetuoso, havia uma nobreza de caráter inata que faria sua influência voltar-se sempre para o bem. Era morena, alta, com um porte nobre e imponente, mas os olhos escuros tinham essa expressão de súplica desamparada da criatura caçada que sente as redes em torno dela, mas não consegue ver uma saída para sua luta. Agora, percebendo a presença e a ajuda do meu amigo famoso, um toque de cor apareceu em sua face pálida e uma luz de esperança começou a brilhar no olhar que ela voltou para nós.

— Talvez o sr. Neil Gibson tenha lhe contado algo que ocorreu entre nós? — perguntou ela com uma voz baixa e agitada.

— Sim — respondeu Holmes —, a senhorita não precisa se incomodar em entrar nessa parte da história. Após vê-la, estou pronto para aceitar a declaração do sr. Gibson tanto com relação à influência que a senhorita tinha sobre ele quanto com relação à inocência das suas relações com ele. Mas por que toda a situação não foi revelada no tribunal?

— Pareceu-me incrível que uma acusação dessa natureza pudesse se sustentar. Acreditei que se nós esperássemos, toda a situação se esclareceria sem que precisássemos entrar em detalhes dolorosos da vida íntima da família. Mas, pelo que vi, longe de estar esclarecendo o caso, ele se tornou ainda mais sério.

— Minha cara — protestou Holmes sinceramente —, eu rogo que a senhorita não tenha ilusões sobre esse ponto. O sr. Cummings aqui a asseguraria de que todas as cartas estão colocadas contra nós no momento, e que devemos fazer tudo que for possível se quisermos chegar a uma vitória incontestável. Seria um engano cruel fingir que a senhorita não está passando por muito perigo. Então me dê toda a ajuda que puder para chegarmos à verdade.

– Não vou esconder nada.

– Conte-nos, então, as suas verdadeiras relações com a esposa do sr. Gibson.

– Ela me odiava, sr. Holmes. Ela me odiava com todo o fervor de sua natureza tropical. Ela era uma mulher que não faria nada pela metade, e a medida do seu amor pelo marido era a medida também da sua raiva por mim. É provável que ela tenha compreendido erroneamente as nossas relações. Eu não gostaria de julgá-la mal, mas ela o amava tão vividamente em um sentido físico, que não podia compreender o elo mental, e mesmo espiritual, que mantinha seu marido próximo a mim, ou imaginar que era somente o meu desejo de influenciar o seu poder para o bem que me mantinha sob o seu teto. Vejo agora que eu estava errada. Nada poderia justificar a minha permanência onde eu era causa de infelicidade, e, no entanto, é certo que a infelicidade permaneceria mesmo se eu tivesse deixado a casa.

– Agora, srta. Dunbar – disse Holmes –, rogo que nos conte exatamente o que ocorreu naquela noite.

– Eu posso lhe contar a verdade até o ponto que sei, sr. Holmes, mas não estou em posição de provar nada, e existem pontos – os mais vitais – que eu não consigo nem explicar, tampouco imaginar qualquer explicação.

– Se a senhorita encontrar os fatos, talvez outros possam encontrar a explicação.

– Com relação, então, à minha presença na ponte de Thor naquela noite, recebi uma nota da sra. Gibson pela manhã. Ela estava na mesa da sala de aula, e pode ter sido deixada lá por ela mesma. Na nota, implorava que fosse vê-la após o jantar, pois tinha algo importante a me dizer, e me pedia para deixar uma resposta no relógio de sol no jardim, já que não queria que ninguém soubesse de nosso segredo. Não vi razão alguma para tal segredo, mas fiz como pediu, aceitando o encontro. Ela pediu para destruir a sua nota e eu a queimei na lareira da sala de aula. Ela tinha muito medo do marido, que a tratava com uma rudeza que eu freqüentemente repreendia, e eu só poderia imaginar que ela agia daquele modo porque não gostaria que ele soubesse de nosso encontro.

– No entanto, ela guardou a sua resposta cuidadosamente?

– Sim. Surpreendeu-me saber que ela a tinha na mão quando morreu.

– Bom, o que aconteceu então?

– Fui encontrá-la como havia prometido. Quando cheguei na ponte, ela estava me esperando. Não havia me dado conta, até aquele momento, de como aquela pobre criatura me odiava. Ela agia como uma mulher louca – na verdade, creio que ela *era* uma louca, sutilmente louca, com o profundo poder de dissimular que as pessoas insanas podem ter. De que outra forma ela poderia me encontrar despreocupada todos os dias e ainda assim nutrir uma raiva tão avassaladora em seu coração? Não vou dizer o que ela disse. Ela derramou toda a sua fúria selvagem em palavras cáusticas e horríveis. Eu nem respondi – não poderia. Era chocante vê-la. Tapei os ouvidos com as mãos e fugi correndo. Quando a deixei, ela estava parada no início da ponte gritando para mim.

– Onde ela foi encontrada posteriormente?

– A poucos metros do local.

– E mesmo assim, presumindo que ela tivesse morrido um pouco depois de tê-la deixado, a senhorita não ouviu um tiro?

– Não, não ouvi nada. Mas, na verdade, sr. Holmes, eu estava tão agitada e horrorizada com aquele terrível acesso, que voltei correndo para a paz do meu próprio quarto e fui incapaz de notar qualquer coisa que tenha acontecido.

– A senhorita disse que voltou para o seu quarto. Por acaso o deixou mais uma vez antes da manhã seguinte?

– Sim; quando avisaram que a pobre criatura havia morrido, eu saí com os outros.

– Viu o sr. Gibson?

– Sim, ele havia recém voltado da ponte quando eu o vi. Ele havia chamado o médico e a polícia.

– Ele lhe pareceu muito perturbado?

– O sr. Gibson é um homem muito forte, controlado. Eu não acredito que demonstraria suas emoções. Mas eu, que o conhecia tão bem, podia ver que ele estava profundamente preocupado.

– Então chegamos ao ponto mais importante. Essa pistola que foi encontrada em seu quarto. Já a vira alguma vez?

– Nunca, eu juro.

– Quando ela foi encontrada?

– Na manhã seguinte, quando a polícia fez a busca.

– Dentre as suas roupas?

– Sim, no fundo do meu guarda-roupa, debaixo dos meus vestidos.

– Não saberia calcular por quanto tempo ela esteve lá?

– Ela não estava lá na manhã anterior.

– Como sabe?

– Porque eu arrumei o guarda-roupa.

– Isso é decisivo. Então alguém entrou no seu quarto e colocou a pistola lá a fim de incriminá-la.

– Só pode ter sido isso.

– E quando?

– Durante uma refeição, ou nas horas em que eu estava na sala de aula com as crianças.

– Onde a senhorita estava quando recebeu a nota?

– Sim. Daquele momento em diante e por toda a manhã.

– Obrigado, srta. Dunbar. Há algum outro ponto que poderia me ajudar na investigação?

– Não consigo pensar em nenhum.

– Havia um sinal de violência na amurada de pedra da ponte – uma lasca bem recente, exatamente do lado oposto do corpo. A senhorita poderia sugerir qualquer explicação possível para isso?

– Certamente deve ser uma mera coincidência.

– Curioso, srta. Dunbar, muito curioso. Por que aquilo apareceria no mesmo momento da tragédia e por que no exato lugar?

– Mas o que poderia tê-la causado? Apenas um golpe muito violento poderia ter esse efeito.

Holmes não respondeu. A sua face pálida, alerta, havia assumido repentinamente aquela expressão tensa, distante, que eu havia aprendido a associar com a manifestação suprema do seu gênio. Tão evidente era a crise em sua mente, que nenhum de nós teve a coragem de falar, e permanecemos sentados, o advogado, a prisioneira e eu, observando-o em um silêncio concentrado e absorvido. De repente ele saltou da cadeira, vibrando com uma energia nervosa e a necessidade premente de agir.

– Vamos, Watson, vamos! – bradou ele.

– O que é, Holmes?

– Não se preocupe, minha cara. O senhor vai ter notícias de mim, sr. Cummings. Com a ajuda do deus da justiça, vou dar-lhe um caso que vai ecoar por toda a Inglaterra. A senhorita vai ter novidades até amanhã, srta. Dunbar, enquanto isso aceite minha convicção de que as nuvens estão se dissipando e de que tenho toda a esperança de que a luz da verdade está surgindo.

Não foi uma longa viagem de Winchester a Thor Place, mas foi longa para mim devido à minha impaciência, ao passo que para Holmes era evidente que ela parecia interminável, pois, em sua inquietação nervosa, ele não conseguia ficar parado, e acompanhava o ritmo do vagão ou tamborilava com seus dedos longos e sensíveis sobre o coxim ao seu lado. De repente, no entanto, quando nos aproximávamos de nosso destino, ele sentou-se de frente para mim – estávamos a sós em um vagão de primeira classe – e, colocando uma mão sobre cada um dos meus joelhos, olhou dentro de meus olhos com aquele olhar peculiarmente malicioso característico do seu estado de espírito mais endiabrado.

– Watson – disse ele –, tenho uma vaga lembrança de que você anda armado em algumas de nossas excursões.

Era bom para ele que eu o fizesse, pois ele tomava pouco cuidado com sua própria segurança quando sua mente estava absorvida por um problema, de forma que mais de uma vez meu revólver seria um bom amigo na necessidade. Eu o lembrei do fato.

– Sim, sim, eu sou um pouco esquecido em tais questões. Mas você tem o revólver consigo?

Eu tirei do bolso uma arma pequena, curta, de manuseio fácil, mas muito útil. Ele abriu o tambor, sacudiu as cápsulas para fora, e examinou-o com cuidado.

– Ele é pesado, extraordinariamente pesado – disse ele.

– Sim, trata-se de uma peça sólida.

Ele o contemplou pensativamente por um minuto.

– Sabe, Watson – disse ele –, acredito que o seu revólver vai ter uma conexão muito íntima com o mistério que estamos investigando.

– Meu caro Holmes, você está brincando.

– Não, Watson, falo muito sério. Há um teste diante de nós. Se o teste funcionar, tudo estará claro. E o teste vai depender da conduta desta pequena arma. Uma cápsula fora. Agora vamos recolocar as outras cinco e acionar a trava de segurança. Pronto! Isso aumenta o peso e a torna uma reprodução melhor.

Eu não fazia idéia do que se passava em sua mente, tampouco ele me ajudou nesse sentido; ao contrário, acomodou-se perdido em pensamentos até pararmos na pequena estação de Hampshire. Conseguimos uma carruagem leve caindo aos pedaços e em quinze minutos estávamos na casa de nosso amigo confidente, o sargento.

– Uma pista, sr. Holmes? O que é?

– Tudo depende do comportamento do revólver do dr. Watson – disse meu amigo. – Aqui está. Agora, policial, o senhor me consegue dez metros de cordão?

A loja do vilarejo nos proveu de um rolo de cordel resistente.

– Acho que isso é tudo de que precisamos – disse Holmes. – Agora, se o senhor me faz um favor, vamos iniciar o que espero ser o último estágio de nossa jornada.

O sol estava se pondo e transformando a charneca ondulante de Hampshire em uma paisagem outonal maravilhosa. O sargento, com vários olhares de soslaio incrédulos e críticos, que demonstravam profundas dúvidas em relação à sanidade do meu companheiro, seguia-nos, hesitante. Quando nos aproximamos da cena do crime, percebi que meu amigo, sob toda a sua frieza habitual, estava na verdade profundamente agitado.

– Sim – ele disse, em resposta ao meu comentário –, você já me viu errar o alvo, Watson. Tenho um instinto para essas coisas, e apesar disso algumas vezes ele se mostrou falso. Pareceu-me uma certeza quando ela primeiro brilhou em minha mente na cela em Winchester, mas uma desvantagem de uma mente ativa é que se pode sempre conceber explicações alternativas que tornariam falso o nosso faro. E mesmo assim – e mesmo assim –, Watson, só nos resta tentar.

Enquanto caminhávamos, ele havia atado firmemente uma extremidade do cordão ao cabo do revólver. Chegamos à cena da tragédia. Com grande cuidado ele marcou, sob a orientação do policial, o local preciso onde o corpo esteve estirado. Então vasculhou junto à urze e aos juncos, até encontrar uma pedra considerável. Ela foi amarrada à outra extremidade do cordão e pendurada sobre o parapeito da ponte, de forma que balançasse livre sobre a água. Então ele parou sobre o local fatal, a alguma distância do limite da ponte, com meu revólver na mão, o cordão sendo esticado entre a arma e a pedra pesada do lado oposto.

– É agora! – gritou.

Ao dizer as palavras, ele ergueu a pistola à altura da cabeça e então a soltou. Em um instante, ela foi levada rapidamente pelo peso da pedra, bateu com um estalo seco contra o parapeito e sumiu sobre a balaustrada para dentro da água. Mal ela havia desaparecido e Holmes já se ajoelhava ao lado da amurada, e um grito de satisfação mostrou que ele havia encontrado o que esperava.

– Já houve algum dia uma demonstração mais

precisa? – gritou ele. – Veja você, Watson, o seu revólver solucionou o problema! – Enquanto falava, apontou para uma segunda lasca de formato e tamanho iguais àquela que havia aparecido na parte inferior da balaustrada de pedra.

– Vamos ficar no hotel hoje à noite – continuou, enquanto se levantava e encarava o atônito sargento. – O senhor, é claro, vai providenciar um gancho e recuperar facilmente o revólver do meu amigo. Também vai encontrar ao seu lado o revólver, o peso e o cordão com os quais essa mulher vingativa tentou dissimular o seu próprio crime e lançar uma acusação de assassinato sobre uma vítima inocente. Pode avisar o sr. Gibson que vou vê-lo de manhã, quando medidas podem ser tomadas para inocentar a srta. Dunbar.

Tarde naquela noite, quando sentamos juntos para fumar nossos cachimbos no hotel do vilarejo, Holmes resumiu-me brevemente o que havia se passado.

– Temo, Watson – disse ele –, que você não vai melhorar reputação alguma que eu possa ter adquirido ao acrescentar o Caso do Mistério da Ponte de Thor aos seus anais. Fui lento em meu raciocínio e deficiente nessa combinação de imaginação e realidade, que é a base de minha arte. Confesso que a lasca na balaustrada de pedra era suficiente como pista para sugerir a verdadeira solução, e eu me culpo por não ter chegado a ela mais cedo.

"Deve-se admitir que o funcionamento da mente dessa mulher infeliz era profundo e sutil, de maneira que não foi uma questão tão simples descobrir o seu plano. Creio que em nossas aventuras nunca tínhamos visto um exemplo tão estranho daquilo que um amor pervertido pode causar. Se a srta. Dunbar era sua rival em um sentido físico ou meramente mental, parece ter sido igualmente imperdoável aos seus olhos. Não há dúvida de que ela culpou essa jovem inocente por todos os comportamentos duros e palavras cruéis com as quais seu marido tentava repelir seu carinho excessivo. A sua primeira resolução foi terminar com a própria vida. A segunda, foi fazê-lo de tal forma que envolvesse a sua vítima em um destino muito pior do que qualquer morte repentina.

"Podemos seguir os vários passos bastante claramente, e eles mostram uma sutileza impressionante em sua mente. Uma nota foi extraída de modo muito astuto da srta. Dunbar, que faria parecer que ela escolheu a cena do crime. Em sua ansiedade para que ela fosse descoberta, ela exagerou, de certa forma, ao mantê-la em sua mão até o final. Somente isso já deveria ter levantado quaisquer suspeitas mais cedo do que ocorreram.

"Então ela pegou um dos revólveres do seu marido – havia, como você viu, um arsenal na casa – e o manteve para seu próprio uso. Um revólver similar ela escondeu no guarda-roupa da srta. Dunbar naquela manhã, após disparar uma cápsula, coisa que poderia fazer facilmente em um bosque sem chamar a atenção. Então ela foi até a ponte, onde havia tramado esse método incrivelmente engenhoso para se livrar da arma. Quando a srta. Dunbar apareceu, ela usou o seu último fôlego para despejar sua raiva, e então, quando não poderia mais ser escutada, levou adiante o seu terrível intuito. Todo elo está agora em seu lugar e a cadeia está completa. Os jornais podem perguntar por que não se procurou no lago em primeiro lugar, mas é fácil ser sábio após o evento, e de qualquer forma vasculhar um lago cheio de junco não é fácil, a não ser que você tenha uma clara percepção do que está procurando e onde. Bom, Watson, ajudamos uma mulher extraordinária, e também um homem formidável. Se no futuro unirem suas forças, o que não parece improvável, o mundo financeiro poderá ver que o sr. Neil Gibson aprendeu algo na Escola do Sofrimento, onde nossas lições terrestres são ensinadas."

O HOMEM QUE ANDAVA DE RASTOS

O sr. Sherlock Holmes sempre foi da opinião de que eu deveria publicar os fatos singulares que dizem respeito ao professor Presbury, nem que fosse para dissipar todos os terríveis rumores que em torno de vinte anos atrás agitaram a universidade e ecoaram nas sociedades eruditas de Londres. Havia, no entanto, alguns obstáculos no caminho, e a verdadeira história desse curioso caso permaneceu sepultada na caixa metálica que contém tantos registros das aventuras do meu amigo. Agora finalmente obtivemos permissão para ventilar os fatos que formaram um dos últimos casos em que Holmes trabalhou antes de se aposentar do exercício profissional. Mesmo agora, uma certa reserva e discrição têm de ser observadas ao tornar público esse material.

Foi em uma noite de domingo, no início de setembro do ano de 1903, que recebi uma das mensagens lacônicas de Holmes: "Venha já, se não for incômodo – se for, venha do mesmo jeito. S.H.". As relações entre nós naqueles dias finais eram peculiares. Ele era um homem de hábitos, hábitos estritos e concentrados, e eu havia me tornado um deles. Como tal, eu era igual ao violino, ao tabaco forte, ao velho cachimbo preto, aos livros de referência, e outras talvez menos desculpáveis. Quando havia um caso de trabalho ativo, e quando um companheiro em cujos nervos ele poderia confiar era necessário, meu papel era óbvio. Mas fora isso eu tinha usos. Eu era um incentivo para a sua mente.

Eu o estimulava. Ele gostava de pensar alto em minha presença. Dificilmente se poderia dizer que os seus comentários eram feitos para mim – muitos seriam feitos igualmente para a armação de sua cama –, entretanto, tendo formado o hábito, de alguma forma tornou-se útil que eu registrasse e intermediasse as questões. Se eu o irritasse por alguma lerdeza metódica em minha mentalidade, essa irritação servia somente para fazer com que suas intuições e impressões, como chamas, brilhassem mais vívida e agilmente. Esse era meu humilde papel em nossa aliança.

Quando cheguei em Baker Street, encontrei-o amontoado em sua poltrona com os joelhos encolhidos, o cachimbo na boca e a fronte vincada, meditando. Era claro que ele estava lutando com um problema inquietante. Com um gesto indicou minha velha poltrona, mas, afora isso, por meia hora não deu sinal algum de que estivesse consciente de minha presença. Então, com um sobressalto, pareceu ter voltado do seu devaneio e, com o usual sorriso excêntrico, deu-me as boas-vindas de volta ao que fora um dia minha casa.

– Desculpe-me por alguma abstração mental, meu caro Watson – disse ele. – Certos fatos curiosos me foram submetidos nas últimas 24 horas, os quais por sua vez estimularam algumas especulações de um caráter mais geral. Tenho pensado seriamente em escrever uma pequena monografia sobre o uso de cães no trabalho do detetive.

– Mas certamente, Holmes, isso já foi explorado – eu disse. – Cães de caça, sabujos...

– Não, não, Watson; essa parte da questão é óbvia, é claro. Mas existe outra que é muito mais sutil. Você provavelmente lembra que no caso em que você, de sua maneira sensacional, associou-se aos Copper

Beeches, fui capaz de, ao observar a mente da criança, formar uma dedução acerca dos hábitos criminosos do respeitável e muito alinhado pai.

– Sim, lembro bem.

– A minha linha de pensamento sobre cães é análoga. Um cachorro reflete a vida da família. Quem já viu um cão brincalhão em uma família melancólica, ou um cão triste em uma feliz? Pessoas rabugentas têm cães rabugentos, pessoas perigosas têm cães perigosos. E os seus humores passageiros podem refletir os humores passageiros de outros.

Sacudi a cabeça.

– Certamente, Holmes, isso é um pouco forçado – eu disse.

Ele havia reenchido o cachimbo e voltado para o seu lugar, sem demonstrar ter notado meu comentário.

– A aplicação prática do que eu disse é muito próxima do problema que estou investigando. Trata-se de um emaranhado, você entende, e eu estou procurando uma extremidade livre. Uma extremidade livre possível encontra-se na questão: por que o fiel mastim, Roy, do professor Presbury, o morderia?

Afundei de volta em minha poltrona, de certa forma desapontado. Fora por uma questão tão trivial como essa que eu tinha sido tirado de meu trabalho? Holmes mirou-me do outro lado.

– O velho Watson de sempre! – ele disse. – Você nunca aprende que as questões mais graves podem depender das coisas menores. Mas não é claramente estranho vermos um filósofo idoso, sereno – você já ouviu falar do Presbury, é claro, o famoso fisiologista de Camford? –, que tal homem, cujo amigo tem sido o seu devotado mastim, seja atacado duas vezes pelo seu próprio cão? O que você me diz disso?

— O cão está doente.

— Bom, isso tem de ser considerado. Mas ele não ataca ninguém mais, tampouco aparentemente incomoda seu dono, a não ser em ocasiões muito especiais. Curioso, Watson, muito curioso. Mas o jovem sr. Bennett chegou antes da hora, se esse toque da campainha é seu. Eu esperava ter uma conversa mais longa com você antes de ele chegar.

Houve um passo rápido nas escadas e um toque seco na porta, e um momento depois o novo cliente apresentou-se. Era um jovem alto, bonito, com cerca de trinta anos, bem vestido e elegante, mas com algo em seu porte que sugeria a timidez do estudante em vez do autocontrole do homem do mundo. Ele apertou a mão de Holmes e então olhou com alguma surpresa para mim.

— Essa questão é muito delicada, sr. Holmes — disse ele. — Considere a posição na qual me encontro diante do professor Presbury, tanto privada quanto publicamente. Eu realmente mal posso justificar a mim mesmo se falar em frente a qualquer terceira pessoa.

— Não tenha receio, sr. Bennett. O dr. Watson é a própria alma da discrição, e posso assegurar-lhe de que essa é uma questão na qual é muito provável que eu precise de um assistente.

— Como quiser, sr. Holmes. O senhor, tenho certeza, entenderá que eu tenha algumas reservas sobre a questão.

— Você vai gostar, Watson, quando eu lhe contar que esse cavalheiro, sr. Trevor Bennett, é o assistente do grande cientista, vive sob o seu teto e é noivo de sua única filha. Certamente nós temos de concordar que o professor merece toda a sua lealdade e devoção. Mas isso pode ser mais bem demonstrado tomando os passos necessários para esclarecer esse estranho mistério.

– Assim espero, sr. Holmes. É o meu único objetivo. O dr. Watson sabe da situação?

– Não tive tempo de explicá-la.

– Então talvez seja melhor eu passar por cima o assunto novamente antes de explicar alguns novos eventos.

– Eu mesmo farei isso – disse Holmes – para mostrar que tenho os eventos em sua ordem certa. O professor, Watson, é um homem de reputação em toda a Europa. A sua vida tem sido acadêmica. Nunca houve um sopro de escândalo. Ele é viúvo e tem uma filha, Edith. Ele é, ao meu ver, um homem de caráter muito viril e positivo, poderia dizer quase combativo. Pelo menos assim foi até poucos meses atrás.

"Então o curso da sua vida foi interrompido. Ele tem 61 anos de idade, mas noivou com a filha do professor Morphy, seu colega na cadeira de Anatomia Comparativa. Não foi, da forma que eu entendo, a corte racional de um homem idoso, mas muito mais o frenesi apaixonado da juventude, pois ninguém poderia mostrar-se um amante mais apaixonado. A jovem, Alice Morphy, era uma garota perfeita tanto em sua mente quanto em seu corpo, então havia toda desculpa possível para o arrebatamento do professor. No entanto, isso não encontrou a aprovação total da sua própria família."

– Consideramos o caso bastante exagerado – disse o nosso visitante.

– Exatamente. Exagerado, um pouco violento e antinatural. O professor Presbury era rico, no entanto, e não havia objeção por parte do pai da moça. A jovem, no entanto, tinha outros pontos de vista, e já havia diversos candidatos a sua mão, que, se eram menos qualificados de um ponto de vista mundano, pelo menos tinham idade mais apropriada. A garota parecia gostar do professor, apesar das suas excentricidades. Era apenas a idade que atrapalhava.

"Em torno dessa época, um pequeno mistério repentinamente turvou a rotina do professor. Ele fez o que nunca tinha feito antes. Deixou sua casa e não deu indicação alguma para onde ia. Esteve fora por duas semanas e voltou com uma aparência bastante cansada da viagem. Não fez alusão alguma ao lugar onde esteve, apesar de ser normalmente o homem mais franco possível. Por acaso, no entanto, o nosso cliente aqui, o sr. Bennett, recebeu uma carta de um colega estudante em Praga, que disse estar feliz por ter visto o professor Presbury lá, apesar de não ter podido falar com ele. Só dessa forma as pessoas de casa souberam onde ele estivera.

"Agora vem o ponto. Daquele momento em diante uma mudança curiosa ocorreu com o professor. Ele se tornou furtivo e dissimulado. Aqueles que o cercavam sempre tinham o sentimento de que ele não era mais o homem que haviam conhecido e que ele estava sob alguma sombra que havia escurecido suas qualidades. O seu intelecto não fora afetado. As suas aulas eram brilhantes como sempre. Mas sempre havia algo novo, algo sinistro e inesperado. A sua filha, que era devotada a ele, tentou mais de uma vez voltar à velha relação e tirar essa máscara que o seu pai parecia ter colocado. O senhor, acredito, fez o mesmo – mas tudo em vão. E agora, sr. Bennett, conte com suas próprias palavras o incidente das cartas."

– O senhor tem de entender, dr. Watson, que o professor não tinha segredos comigo. Se eu fosse o seu filho ou o seu irmão mais novo, não poderia ter gozado mais completamente de sua confiança. Como secretário, eu lidava com todo papel que vinha para ele, e abria e subdividia as suas cartas. Logo após o seu retorno, tudo isso mudou. Ele me falou que determinadas cartas poderiam vir para ele de Londres e que estariam marcadas com uma cruz abaixo do selo. Essas deveriam ser colocadas de lado e só ele poderia lê-las. Posso dizer que várias dessas cartas passaram por minhas mãos, elas tinham a marca E. C. e exibiam de uma caligrafia rude. Se ele respondeu a elas de alguma forma, as respostas não passaram por minhas mãos, tampouco pela cesta de cartas na qual a nossa correspondência era coletada.

– E a caixa? – disse Holmes.

– Ah, sim, a caixa. De volta das suas viagens, o professor trouxe uma pequena caixa de madeira. Era a única coisa que sugeria um *tour* pelo continente europeu, pois era um daqueles trabalhos entalhados que se associam com a Alemanha. Ele a colocou em seu armário de instrumentos. Um dia, procurando por uma cânula, eu peguei a caixa. Para minha surpresa, ele ficou muito bravo e reprovou-me pela minha curiosidade com palavras um tanto furiosas. Foi a primeira vez que algo assim aconteceu e fiquei profundamente magoado. Esforcei-me para explicar que fora um mero acidente que eu tivesse tocado a caixa, mas durante toda a noite percebi que ele me censurava com o olhar e que o incidente não saía de sua cabeça. – O sr. Bennett tirou um pequeno diário do bolso. – Isso ocorreu no dia 2 de julho – disse ele.

– O senhor é certamente uma testemunha admirável. – disse Holmes. – Eu talvez venha a precisar de algumas dessas datas que anotou.

– Aprendi método, dentre outras coisas, com o meu grande professor. A partir do momento em que observei uma anormalidade em seu comportamento, senti que era meu dever estudar o seu caso. Desse modo, registro neste diário que foi naquele mesmo dia, 2 de julho, que Roy atacou o professor, quando ele veio do seu escritório para o vestíbulo. Mais uma vez, em 11 de julho, houve uma cena do mesmo tipo, e então tenho uma nota de mais uma, no dia 20 de julho. Após, nós tivemos de prender Roy nos estábulos. Ele era um animal querido, afetuoso – mas temo que o esteja cansando.

O sr. Bennett falou em um tom de reprovação, pois ficou muito claro que Holmes não o estava escutando. O rosto estava rígido e os olhos miravam distraidamente o teto. Com esforço ele se recuperou.

– Extraordinário! Realmente extraordinário! – murmurou. – Esses detalhes eram novos para mim, sr. Bennett. Creio que agora já descrevemos os fatos, não é? Mas o senhor falou de alguns fatos novos.

O rosto aberto, agradável do nosso visitante turvou-se, por alguma lembrança sinistra.

– Refiro-me ao que ocorreu anteontem à noite – disse ele. – Eu estava deitado mas acordado, em torno de duas horas da manhã, quando notei um barulho surdo, abafado, vindo do corredor. Abri a porta e espiei. Devo explicar que o professor dorme no final do corredor...

– A data sendo? – perguntou Holmes.

O nosso visitante estava visivelmente incomodado com uma interrupção tão evidente.

– Já disse, senhor, que foi anteontem à noite – isto é, 4 de setembro.

Holmes anuiu e sorriu.

– Por favor, continue – disse ele.

– Ele dorme no final do corredor, e teria de passar

por minha porta para chegar à escada. Foi realmente uma experiência aterradora, sr. Holmes. Creio que sou tão corajoso quanto vocês, mas o que vi abalou-me. O corredor estava escuro, salvo por uma janela no meio do caminho pelo qual passava um fio de luz. Eu podia ver que algo estava vindo pelo corredor, algo escuro e curvado. Então, repentinamente, emergiu na luz, e vi que era ele. Ele estava engatinhando, sr. Holmes – engatinhando! Não estava realmente apoiado nas mãos e nos joelhos. Eu diria sobre as mãos e sobre os pés, com o rosto afundado entre as mãos. No entanto, ele parecia mover-se com facilidade. Eu estava tão paralisado pela visão que só quando ele chegou à minha porta fui capaz de dar um passo e perguntar-lhe se poderia ajudá-lo. A sua resposta foi extraordinária. Ele se levantou abruptamente, cuspiu alguma palavra atroz para mim, passou correndo e desceu a escada. Esperei em torno de uma hora, mas ele não voltou. Já devia ser dia quando ele retornou ao seu quarto.

– Bom, Watson, o que você me diz disso? – perguntou Holmes, com o ar de um patologista que apresenta um espécime raro.

– Lumbago, possivelmente. Tenho conhecimento de um grave ataque que fez um homem caminhar exatamente dessa forma, e nada seria mais desesperador.

– Bom, Watson! Você sempre nos mantém com os pés no chão. Mas dificilmente poderíamos aceitar lumbago, visto que ele foi capaz de ficar de pé de uma hora para outra.

– Ele nunca esteve tão bem de saúde – disse Bennett. – Na realidade, ele está mais forte do que já o vi em muitos anos. Mas existem os fatos, sr. Holmes. Esse não é um caso no qual podemos consultar a polícia, e no entanto estamos absolutamente sem saber o que fazer, e sentimos de forma estranha que estamos indo em direção a um desastre. Edith – a srta. Presbury – sente da mesma forma, que nós não podemos mais esperar passivamente.

– Trata-se certamente de um caso sugestivo e muito curioso. O que você acha, Watson?

– Falando como um homem da medicina – eu disse –, parece ser um caso para um alienista. Os processos cerebrais do velho cavalheiro foram perturbados pelo romance. Ele fez uma viagem para o exterior na esperança de livrar-se da paixão. As suas cartas e a caixa podem dizer respeito a alguma transação privada – um empréstimo, talvez, ou certificados de ações, que estão na caixa.

– E o mastim sem dúvida desaprovou essa barganha financeira. Não, não, Watson, existe mais do que isso. Agora, eu poderia somente sugerir...

O que Sherlock Holmes estava prestes a sugerir nunca saberemos, pois nesse momento a porta abriu e uma jovem foi introduzida na sala. Quando ela apareceu, o sr. Bennett levantou-se com uma exclamação e correu com suas mãos estendidas para encontrar as que ela estendia.

– Edith, querida! Nenhum problema, espero.

– Senti que deveria segui-lo. Oh, Jack, eu tenho estado tão assustada! É horrível ficar lá sozinha.

– Sr. Holmes, essa é a jovem de quem lhe falei. É a minha noiva.

– Nós estávamos gradualmente chegando a essa conclusão, não estávamos, Watson? – respondeu Holmes, com um sorriso. – Presumo, srta. Presbury, que existe algum fato novo no caso, e que a senhorita achou que deveríamos saber.

A nossa nova visitante, uma garota inteligente,

bonita, de um tipo inglês convencional, sorriu de volta para Holmes enquanto se sentava ao lado do sr. Bennett.

– Quando fiquei sabendo que o sr. Bennett havia deixado o seu hotel, pensei que provavelmente o encontraria aqui. É claro, ele havia me dito que o consultaria. Mas, oh, sr. Holmes, o senhor não pode fazer nada pelo meu pobre pai?

– Tenho esperanças, srta. Presbury, mas o caso ainda está obscuro. Talvez o que a senhorita tem a dizer possa lançar alguma luz nova sobre ele.

– Foi na noite passada, sr. Holmes. Ele esteve estranho o dia inteiro. Tenho certeza de que há momentos em que ele não tem lembrança alguma do que faz. Ele vive como se estivesse em um sonho estranho. Ontem foi um dia assim. Não era o meu pai, com quem eu vivia. A sua fachada exterior estava lá, mas não era realmente ele.

– Diga-me o que aconteceu.

– Fui acordada de noite pelo mastim latindo furiosamente. Pobre Roy, ele está acorrentado agora próximo ao estábulo. Posso dizer que sempre durmo com minha porta trancada, pois, como Jack – o sr. Bennett – vai lhe contar, nós todos temos um sentimento de perigo iminente. O meu quarto é no segundo andar. Aconteceu que a cortina da minha janela estava aberta, e havia um luar claro na rua. Enquanto deitada, com os olhos fixos no quadrado de luz da janela, ouvindo os latidos frenéticos do cão, supreendi-me ao ver o rosto do meu pai olhando para mim. Sr. Holmes, quase morri de surpresa e horror. Lá estava ele, com o rosto pressionado contra o vidro da janela e uma das mãos parecia estar levantada... Se aquela janela tivesse sido aberta, acho que teria enlouquecido. Não foi uma ilusão, sr. Holmes. Não se engane pensando assim. Eu diria que foram vinte segundos mais ou menos em que eu permaneci paralisada e vendo o seu rosto. Então ele sumiu, mas não pude – não pude saltar da cama e olhar para fora. Fiquei deitada tremendo até a manhã seguinte. No café-da-manhã ele se comportou de maneira dura e agressiva e não fez menção alguma ao ocorrido à noite. Tampouco eu o fiz, mas dei uma desculpa para vir à cidade – e aqui estou.

Holmes pareceu profundamente surpreso com a narrativa da srta. Presbury.

– Minha cara jovem, a senhorita disse que o seu quarto é no segundo andar. Há uma longa escada no jardim?

– Não, sr. Holmes; essa é a parte incrível disso. Não há como alcançar a janela – e, no entanto, ele estava lá.

– A data sendo 5 de setembro – disse Holmes. – Isso certamente complica a questão.

Agora foi a vez da jovem parecer surpresa.

– Esta é segunda vez que o senhor faz uma alusão à data, sr. Holmes – disse Bennett. – É possível que isso tenha algum significado para o caso?

– É possível – muito possível – e, no entanto, ainda não tenho meu material completo no momento.

– Provavelmente, o senhor está pensando na conexão entre a insanidade e as fases da lua?

– Não, eu lhe asseguro. Trata-se de uma linha de pensamento bastante diferente. O senhor poderia deixar a sua agenda comigo, que vou conferir as datas. Agora eu acho, Watson, que a nossa linha de ação está perfeitamente clara. Essa jovem nos disse – e eu tenho toda a confiança em sua intuição – que o seu pai lembra pouco ou nada do que ocorre em determinadas datas. Portanto, vamos visitá-lo como se ele tivesse marcado um encontro em determinada data. Ele vai atribuir isso à sua própria falta de memória. Desse modo, vamos iniciar a nossa investigação tendo uma visão bem de perto dele.

– Isso é excelente – disse Bennett. – Eu o advirto, no entanto, que o professor é irascível e violento às vezes.

Holmes sorriu.

– Existem razões para irmos de uma vez – razões muito válidas se as minhas teorias estiverem certas. O dia de amanhã, sr. Bennett, certamente nos verá em Camford. Existe, se me lembro direito, um hotel chamado Chequers onde o vinho do porto era acima da mediocridade e a roupa de cama acima de qualquer censura. Creio, Watson, que o nosso destino para os próximos dias poderia estar em lugares menos aprazíveis.

A manhã de segunda-feira nos viu a caminho da famosa cidade universitária – um simples esforço por parte de Holmes, que não tinha raízes para arrancar, mas que envolvia planejamento frenético e pressa de minha parte, visto que minha prática médica nessa época não era de se desconsiderar. Holmes não fez alusão alguma ao caso até depois de termos colocado nossas malas no antigo hotel do qual ele havia falado.

– Eu acho, Watson, que podemos pegar o professor um pouco antes do almoço. Ele dá aula às onze horas e deve fazer um intervalo em casa.

– Que desculpa temos para visitá-lo?

Holmes olhou rápido para a sua agenda.

– Houve um período de excitação no dia 26 de agosto. Vamos presumir que ele esteja um pouco confuso sobre o que faz nesses momentos. Se insistirmos que estamos lá devido a um encontro marcado, creio que ele dificilmente vai arriscar contradizer-nos. Você tem o atrevimento necessário para levar isso adiante?

– Só nos resta tentar.

– Excelente, Watson! É o lema da Busy Bee e Excelsior, só nos resta tentar. Certamente um morador local amigável nos guiará.

Do banco de trás de um fiacre, um morador assim nos levou, rapidamente passando por uma série de prédios universitários antigos e, finalmente, dobrando em um caminho cercado por árvores, parou na porta de uma casa graciosa, circundada por um gramado e coberta com uma glicínia roxa. O professor Presbury estava certamente cercado de todos os sinais não somente de conforto, mas de luxo. Assim que chegamos, uma cabeça grisalha apareceu na janela da frente, e vimos um par de olhos alertas sob sobrancelhas emaranhadas que nos estudavam através de grandes óculos feitos de tartaruga. Um momento mais tarde, estávamos em seus aposentos, e o misterioso cientista, cujas esquisitices haviam nos trazido de Londres, estava de pé em nossa frente. Certamente não havia sinal algum de excentricidade, tanto em seu comportamento quanto na aparência, pois ele era um homem imponente, de traços largos, circunspecto, alto e de sobrecasaca, com o porte que um palestrante precisa. Os olhos eram seu traço mais marcante, alertas, observadores e sagazes.

Ele examinou os nossos cartões.

– Por favor, sentem-se, cavalheiros. O que posso fazer por vocês?

Holmes sorriu amável.

– Essa era a pergunta que eu iria colocar para o senhor, professor.

– A mim, senhor!?

— Possivelmente há algum engano. Ouvi de outra pessoa que o professor Presbury de Camford necessitava de meus serviços.

— Oh, realmente! — Pareceu-me que havia um brilho malicioso nos olhos acinzentados intensos. — O senhor ouviu isso, é mesmo? Posso lhe perguntar o nome do seu informante?

— Desculpe, professor, mas a questão era de certa forma confidencial. Se cometi um erro, nenhum prejuízo foi causado. Só posso expressar minhas desculpas.

— De forma alguma. Gostaria de aprofundar-me nessa questão. Ela me interessa. O senhor tem algum bilhete, qualquer carta ou telegrama, para sustentar sua afirmação?

— Não, não tenho.

— Presumo que o senhor não vai tão longe a ponto de afirmar que eu o chamei?

— Preferiria não responder a questão alguma – disse Holmes.

— Não, eu diria que não – disse o professor asperamente. — No entanto, essa questão em particular pode ser respondida muito facilmente sem a sua ajuda.

Ele caminhou através da sala até a campainha. O amigo de Londres, sr. Bennett, respondeu à chamada.

— Entre, sr. Bennett. Esses dois cavalheiros vieram de Londres com a impressão de que foram chamados. Você cuida de toda a minha correspondência. Há alguma nota de algo sendo enviado para uma pessoa chamada Holmes?

— Não, senhor – respondeu Bennett, corando.

— Isso é conclusivo – disse o professor, mirando raivosamente meu companheiro. — Agora, senhor – ele inclinou-se para frente com as duas mãos sobre a mesa –, parece-me que a sua posição é muito questionável.

Holmes deu de ombros.

— Só posso repetir que sinto muito que tenhamos feito uma intrusão desnecessária.

— Isso está longe de ser suficiente, sr. Holmes! — gritou o velho com uma voz aguda e estridente, uma expressão de maldade extraordinária em seu rosto. Enquanto falava, ele se colocou entre nós e a porta, gesticulando com uma paixão furiosa. — O senhor dificilmente sairá dessa situação com tanta facilidade. — O rosto estava convulsionado e ele fazia caretas e tagarelava inarticuladamente para nós em sua raiva sem sentido. Eu estava convencido de que teríamos de lutar para sairmos da sala se o sr. Bennett não tivesse intervindo.

— Meu caro professor — ele suplicou —, considere a sua posição! Considere o escândalo na universidade! O sr. Holmes é um homem conhecido. O senhor não pode tratá-lo com tamanha descortesia.

Irritado, o nosso anfitrião — se é que eu poderia chamá-lo assim — abriu caminho para a porta. Ficamos felizes em encontrar-nos fora da casa e na calma do caminho cercado por árvores. Holmes parecia muito divertido com o episódio.

— Os nervos do nosso douto amigo estão de alguma forma em mau estado — disse ele. — Talvez a nossa intrusão tenha sido um pouco rude, mas conseguimos o contato pessoal que eu desejava. Por Deus, Watson, ele está certamente em nossos calcanhares. O vilão ainda nos segue.

Havia ruídos de passos correndo atrás de nós, mas, para meu alívio, não era o temível professor, mas o seu assistente, que apareceu na curva do caminho. Ele veio ofegante em nossa direção.

— Lamento tanto, sr. Holmes. Gostaria de lhe pedir desculpas.

– Meu caro senhor, não há necessidade. Está tudo no campo da experiência profissional.

– Eu nunca o vi com um humor tão violento. Ele está cada dia mais sinistro. O senhor pode entender agora por que a sua filha e eu estamos alarmados. E, no entanto, a sua mente está perfeitamente clara.

– Muito clara! – disse Holmes. – Esse foi o meu erro de cálculo. É evidente que a sua memória é muito mais confiável do que eu havia pensado. Aliás, podemos, antes de partir, ver a janela do quarto da srta. Presbury?

O sr. Bennett passou por entre alguns arbustos e nós tivemos uma visão do lado da casa.

– É ali. A segunda da esquerda.

– Meu Deus, ela parece de difícil acesso. Mas pode-se observar que há uma hera abaixo e um cano d'água acima que dão alguma base para se apoiar.

– Eu não conseguiria escalar isso – disse o sr. Bennett.

– Muito provavelmente. Seria uma façanha perigosa para qualquer homem normal.

– Há uma outra coisa que eu gostaria de contar-lhe, sr. Holmes. Tenho o endereço do homem em Londres para quem o professor escreve. Ele escreveu esta manhã e consegui copiar do seu mata-borrão. Isso é algo ignóbil para um secretário de confiança, mas o que mais eu poderia fazer?

Holmes olhou de relance o papel e colocou-o em seu bolso.

– Dorak – um nome curioso. Eslavo, imagino. Bom, esse é um elo importante na cadeia. Retornamos para Londres esta tarde, sr. Bennett. Não vejo sentido em permanecermos aqui. Não podemos prender o professor, porque ele não cometeu crime algum, tampouco podemos contê-lo à força, pois não há como provar sua insanidade. Nenhuma medida é possível até este momento.

– Então, que raios podemos fazer?

– Um pouco de paciência, sr. Bennett. Os fatos vão se desenrolar logo. A não ser que eu esteja errado, na próxima terça-feira pode ocorrer uma crise. Certamente estaremos em Camford nesse dia. Enquanto isso, a posição geral é inegavelmente desagradável, e se a srta. Presbury pudesse prolongar sua visita...

– Isso é fácil.

– Então faça-a ficar até que possamos assegurá-la de que todo perigo tenha passado. Enquanto isso, deixe o professor fazer o que quiser e não o contrarie. Desde que ele esteja de bom humor, tudo está bem.

– Lá está ele! – disse Bennett, com um sussurro assustado. Olhando entre os galhos, vimos a figura alta e ereta emergir da porta de entrada e olhar em torno. Ele parou, inclinando-se para frente, as mãos balançando, a cabeça virando de um lado para o outro. O secretário, com um último aceno, esgueirou-se entre as árvores, e nós o vimos reunir-se em seguida ao seu empregador, os dois entrando em casa juntos, no que parecia uma animada, até exaltada, conversação.

– Espero que o velho cavalheiro esteja juntando dois mais dois – disse Holmes, enquanto caminhávamos em direção ao hotel. – Ele me chamou a atenção por ter um cérebro particularmente claro e lógico, do pouco que vi dele. Explosivo, não há dúvida, mas do seu ponto de vista, ele tem motivos para explodir, se detetives são colocados em seu encalço e ele suspeita que o próprio pessoal de casa esteja fazendo isso. Creio que o amigo Bennett está passando por um momento difícil.

Holmes parou em uma agência dos correios e enviou um telegrama. A resposta alcançou-nos à noite, e ele a jogou para mim. "Visitei a avenida Comercial e vi Dorak. Pessoa cortês, natural da Boêmia, idoso. Mantém grande loja de artigos em geral. Mercer."

– Mercer trabalha desde o seu tempo – disse Holmes. – Ele é o homem que cuida dos meus negócios rotineiros. Era importante saber algo do homem com quem o professor estava se correspondendo tão secretamente. A sua nacionalidade associa-se com a visita a Praga.

– Graças a Deus que existe uma conexão – eu disse. – No momento, parecemos enfrentar uma longa série de incidentes inexplicáveis sem influência alguma uns sobre os outros. Por exemplo, que conexão possível pode haver entre um mastim bravo e uma visita à Boêmia, ou qualquer um dos dois com um homem andando de rastos em um corredor à noite? E com relação às datas, essa é a maior de todas as confusões.

Holmes sorriu e esfregou as mãos. Nós estávamos, eu devo dizer, sentados na velha sala de estar do antigo hotel, com uma garrafa do vinho fino do qual Holmes havia falado.

– Bom, agora, vamos analisar as datas primeiro – disse ele, com as pontas dos dedos se tocando, como se estivesse dando uma aula. – O excelente diário desse jovem mostra que houve problemas no dia 2 de julho, e daí em diante parece ter ocorrido a intervalos de nove dias, com, até onde me lembro, apenas uma exceção. Por conseguinte, a última crise na sexta-feira foi no dia 3 de setembro, que também cai na seqüência, como o 26 de agosto, que a precedeu. Isso é mais que coincidência.

Fui forçado a concordar.

— Vamos agora, então, formar a teoria provisória de que a cada nove dias o professor toma alguma droga forte que tem um efeito temporário, mas altamente venenoso. A sua natureza naturalmente violenta é intensificada por isso. Ele começou a tomar essa droga enquanto estava em Praga, e agora um intermediário boêmio em Londres a fornece. Isso tudo faz sentido, Watson!

— Mas e o mastim, o rosto na janela, o homem de rastos no corredor?

— Bem, bem, temos um começo. Eu não esperaria quaisquer novos fatos até a próxima terça-feira. Enquanto isso, só o que podemos fazer é manter contato com o amigo Bennett e gozar dos encantos desta cidade encantadora.

Na manhã seguinte, o sr. Bennett apareceu para trazer-nos o último relatório. Como Holmes havia imaginado, ele não passara por momentos fáceis. Sem acusá-lo diretamente de ter sido o responsável pela nossa presença lá, o professor fora muito duro e rude em seu discurso, e evidentemente sentiu uma forte mágoa. No entanto, esta manhã ele voltara de certa forma a si e havia dado a sua brilhante aula de sempre para uma classe lotada.

— Tirando seus estranhos ataques – disse Bennett –, na realidade não me lembro de tê-lo visto com mais energia e vitalidade, tampouco com tamanha lucidez. Mas não é ele – nunca é o homem que conhecemos.

— Não creio que você tenha algo a temer agora, por uma semana pelo menos – respondeu Holmes. – Eu sou um homem ocupado, e o dr. Watson tem os seus pacientes para atender. Vamos nos encontrar aqui, nesta hora, na próxima terça-feira, e eu me surpreenderei se antes de nós o deixarmos mais uma vez não possamos ao menos explicar, mesmo que talvez não consigamos colocar um ponto final nos seus problemas. Enquanto isso, mantenha-nos informados sobre o que ocorrer.

Não vi meu amigo pelos próximos dias, mas na segunda-feira seguinte, à noite, havia uma nota curta pedindo que o encontrasse no outro dia no trem. Pelo que ele me disse enquanto viajávamos até Camford, tudo ia bem, a paz na casa do professor não havia sido perturbada e a sua própria conduta era perfeitamente normal. Esse também foi o relatório dado pelo próprio sr. Bennett quando nos encontrou naquela noite no nosso velho alojamento, o hotel Chequers.

– Ele teve notícias do seu correspondente de Londres hoje. Havia uma carta e um pequeno pacote, cada um com uma cruz sob o selo indicando para eu não tocá-los. Não houve nada mais.

– Isso pode ser o suficiente – disse Holmes, sério. – Bem, sr. Bennett, creio que hoje à noite devemos chegar a alguma conclusão. Se as minhas deduções estão corretas, teremos uma oportunidade de provocar o desfecho para este caso. Para isso, precisamos manter o professor sob observação. Eu sugeriria, portanto, que o senhor ficasse acordado e na espreita. Se ouvi-lo passar pela porta, não o interrompa, mas siga-o o mais discretamente que conseguir. O dr. Watson e eu não estaremos longe. Aliás, onde está a chave daquela pequena caixa da qual o senhor falou?

– Presa à corrente do relógio.

– Creio que as nossas buscas têm de ir nessa direção. Na pior das hipóteses a fechadura não deve ser muito resistente. O senhor tem outro homem fisicamente apto no local?

– Há o cocheiro, Macphail.
– Onde ele dorme?
– Sobre os estábulos.
– É possível que nós precisemos dele. Bom, não podemos fazer mais nada até vermos como as coisas se desenrolam. Adeus – mas acredito que vamos vê-lo antes da manhã.

Era quase meia-noite quando assumimos nossa posição entre alguns arbustos ao lado da porta de entrada da casa do professor. Era uma noite agradável, mas fria, e estávamos satisfeitos com nossos sobretudos quentes. Havia uma brisa, e as nuvens moviam-se impelidas pelo vento, obscurecendo de vez em quando a meia-lua. Teria sido uma vigília melancólica se não fosse pela expectativa e excitação que nos acompanhava e a segurança de meu camarada de que provavelmente havíamos chegado ao fim de uma estranha seqüência de eventos que haviam exigido toda a nossa atenção.

– Se o ciclo de nove dias se mantiver, o professor estará em seu pior estado hoje à noite – disse Holmes. – O fato de que esses estranhos sintomas começaram após sua visita a Praga, de que está se correspondendo secretamente com um negociante boêmio em Londres, que presumivelmente representa alguém em Praga, e de que recebeu um pacote dele hoje, tudo aponta para uma direção. O que ele toma e por que toma ainda são questões além de nossa compreensão, mas que isso vem de alguma forma de Praga é suficientemente claro. Ele o faz sob orientações precisas que regulam esse sistema de nove dias, que foi o primeiro ponto a atrair minha atenção. Mas os seus sintomas são muito notáveis. Você observou os nós dos dedos dele?

Tive de confessar que não os havia observado.

– Grossos e calosos de uma forma bastante nova

para mim. Sempre olhe para as mãos primeiro, Watson. Então para os punhos, joelheiras e botas. Muito interessantes os nós dos dedos, que só podem ser explicados pelo modo de progressão observado por – Holmes fez uma pausa e, repentinamente, deu um tapa com a mão na testa. – Oh, Watson, Watson, que idiota eu tenho sido! Parece incrível, e no entanto tem de ser verdade. Tudo aponta em uma direção. Como eu pude deixar de ver a conexão de idéias? Aqueles nós dos dedos – como eu deixei passar aqueles nós dos dedos? E o mastim! E a trepadeira! Certamente está na hora de me recolher àquela fazenda de meus sonhos. Olhe lá, Watson! Lá vem ele! Teremos a chance de ver por nós mesmos.

A porta da entrada abrira-se lentamente, e contra o fundo iluminado por uma lâmpada nós vimos a figura alta do professor Presbury. Ele estava vestido em seu roupão. Quando parou no vão da porta, estava ereto, mas inclinado para frente com os braços balançando, como o víramos da última vez.

A seguir, ele se dirigiu ao caminho, e ocorreu uma mudança extraordinária. Ele se agachou, e deslocou-se sobre as mãos e pés, pulando aqui e ali como se estivesse transbordando de energia e vitalidade. Passou pela frente da casa e então virou no canto. Quando desapareceu, Bennett esgueirou-se pela porta de entrada e seguiu-o discretamente.

– Vamos, Watson, vamos! – clamou Holmes, e nós o passamos o mais silenciosamente que pudemos através dos arbustos, até podermos ver o outro lado da casa, banhada de luz da lua. O professor estava claramente visível, agachado ao pé da parede coberta pela hera. Enquanto o observávamos, ele subitamente começou a subi-la com incrível agilidade. De galho em galho ele saltava, com os pés seguros e agarrado com firmeza, aparentemente escalando por puro prazer, sem um objetivo definido. Com o roupão abanando, ele parecia um enorme morcego grudado contra o lado da casa, uma grande mancha escura sobre a parede iluminada pela lua. Logo em seguida cansou-se da brincadeira, e, descendo de galho em galho, assumiu a velha postura acocorada e seguiu em direção aos estábulos, arrastando-se da mesma forma estranha que antes. O mastim estava fora, latindo furiosamente e mais excitado do que nunca, quando viu seu dono. Ele lutava acorrentado, tremendo de ansiedade e raiva. O professor agachou-se deliberadamente no limite do alcance do mastim e começou a provocá-lo de todas formas possíveis. Encheu as mãos com seixos do caminho e jogou-os no focinho do cão, cutucou-o com um pedaço de pau que havia juntado, agitou suas mãos a uns poucos centímetros de sua boca aberta, e tentou de toda forma possível provocar a fúria do animal, que já estava fora de controle. Em todas as nossas aventuras não sei se vi algo mais estranho que aquela figura impassível e ainda digna, acocorada no chão como um sapo e incitando o mastim raivoso, que erguia as patas dianteiras e vociferava diante daquela selvagem exibição de engenhosas e calculadas crueldades.

E então, subitamente, aconteceu! Não foi a corrente que arrebentou, mas foi a coleira que escorregou, pois ela havia sido feita para um terra-nova de pescoço grosso. Ouvimos o tilintar do metal caindo, e no instante seguinte cão e homem estavam rolando juntos no chão, um rugindo, raivoso, o outro, gritando em um estranho falsete de terror. A vida do professor esteve muito próxima de seu fim. A criatura selvagem o havia pegado firme pela garganta, os caninos mordendo com profundidade, e ele estava desacordado antes que pudéssemos alcançá-los e separá-los. Poderia ter sido uma tarefa perigosa para nós, mas a voz e a presença de Bennett trouxeram o mastim instantaneamente à razão. O barulho acordou o sonolento e espantado cocheiro em seu quarto acima dos estábulos.

– Não estou surpreso – disse ele, balançando a cabeça. – Já vi isso antes. Eu sabia que o cão iria pegá-lo mais cedo ou mais tarde.

O mastim foi guardado, e juntos carregamos o professor para cima, no seu quarto, onde Bennett, que era médico formado, me ajudou a costurar a sua garganta dilacerada. Os dentes afiados haviam passado perigosamente próximos à artéria carótida, e a hemorragia fora séria. Em meia hora o perigo estava afastado, eu havia lhe dado uma injeção de morfina, e ele tinha afundado em um sono profundo. Então, e só então, fomos capazes de olhar um para o outro e avaliar a situação.

– Acho que um excelente cirurgião deve vê-lo – disse eu.

– Por Deus, não! – exclamou Bennett. – No momento o escândalo está restrito ao nosso próprio lar. Está seguro conosco. Se sair dessas paredes, não terá fim. Considere a posição dele na universidade, a sua reputação na Europa, os sentimentos de sua filha.

– É verdade – disse Holmes. – Acho que é possível manter o caso entre nós, e também evitar a sua recorrência, agora que temos liberdade de ação. A chave da corrente do relógio, sr. Bennett. Macphail vai cuidar do paciente e vai nos avisar se houver qualquer mudança. Vamos ver o que encontramos na caixa misteriosa do professor.

Não havia muito, mas era o suficiente – um pequeno frasco vazio, outro quase cheio, uma seringa hipodérmica, várias cartas escritas em garranchos em língua estrangeira. As marcas nos envelopes mostravam que eram aquelas que haviam perturbado a rotina do secretário, e todas vinham endereçadas da avenida Comercial e assinadas "A. Dorak". Eram faturas dizendo que uma garrafa nova estava sendo enviada para o professor Presbury, ou notas acusando o recebimento de dinheiro. Havia um outro envelope, no entanto, com uma caligrafia mais culta e com o selo austríaco com o carimbo postal de Praga. – Aqui está o nosso material! – exclamou Holmes, enquanto rasgava o envelope.

> HONRADO COLEGA (dizia a carta),
> desde a sua estimada visita pensei muito sobre o seu caso e, apesar de existirem razões especiais para o tratamento, mesmo assim recomendaria cuidado, visto que os resultados mostraram que ele não está livre de riscos.
> É possível que o soro de antropóide teria sido melhor. Eu usei, como expliquei para o senhor, o langur de focinho preto porque um espécime estava disponível. O langur, é claro, é um rastejador e escalador, enquanto o antropóide caminha ereto e é em todos os aspectos mais próximo do homem.
> Eu lhe peço encarecidamente que tome as precauções possíveis para que não ocorra uma revelação prematura do processo. Tenho um outro cliente na Inglaterra, e Dorak é o meu agente para ambos. Relatórios semanais são obrigatórios.
> Com minha mais sincera estima,
> H. LOWENSTEIN

Lowenstein! O nome me trouxe de volta à memória um fragmento de um jornal que falava de um obscuro cientista que estava trabalhando de alguma forma desconhecida no segredo do rejuvenescimento e no elixir da vida. Lowenstein de Praga! Lowenstein com o maravilhoso soro fortificante, proscrito pela profissão porque se recusou a revelar sua fonte. Em poucas palavras, eu disse o que me lembrava. Bennett pegou um manual de zoologia da estante.

– "Langur" – ele leu – "o grande macaco de focinho preto dos picos do Himalaia, o maior e mais humano dos macacos escaladores". Muitos detalhes são acrescentados. Bom, obrigado, sr. Holmes, está bem claro que encontramos a fonte do mal.

– A verdadeira fonte – disse Holmes – encontra-se, é claro, naquela paixão fora de época que deu a idéia ao nosso impetuoso professor de que ele só conseguiria o seu intento tornando-se mais jovem. Quando uma pessoa tenta superar a natureza, corre o risco de ser subjugada por ela. O tipo mais decente de homem pode voltar a ser um animal se ele deixa a estrada correta do destino. – Ele sentou pensativo com o frasco na mão, olhando para o líquido claro dentro dele. – Quando eu tiver escrito para esse homem e lhe disser que o estou responsabilizando criminalmente pelos venenos que ele difunde, não teremos mais problemas. Mas isso pode voltar a acontecer. Outros podem inventar algo melhor. Existe perigo aqui – um perigo muito real para a humanidade. Considere, Watson, que as pessoas materialistas, carnais, mundanas iriam todas prolongar as suas vidas inúteis. As espirituais não evitariam o chamado para algo maior. Seria a sobrevivência dos menos aptos. Que tipo de esgoto o nosso pobre mundo não poderia tornar-se? – De repente o sonhador desapareceu e Holmes, o homem de ação, saltou de sua cadeira. – Creio que não há nada mais para ser dito, sr. Bennett. Os vários incidentes agora vão encaixar-se facilmente no plano geral. O cachorro, é claro, percebeu a mudança muito mais rapidamente do que o senhor. O seu faro assegurava isso. Era o macaco, não o professor, que Roy atacava, da mesma forma que era o macaco que implicava com Roy. Escalar era uma diversão para a criatura, e foi por mero acaso, presumo, que o passatempo o trouxe para a janela da jovem dama. Há um trem cedo para a cidade, Watson, mas creio que teremos tempo para uma xícara de chá no Chequers antes de pegá-lo.

A JUBA DO LEÃO

É ALGO MUITÍSSIMO singular que um problema, certamente tão obscuro e incomum quanto qualquer um que eu tenha enfrentado em minha longa carreira profissional, tenha chegado a mim após a minha aposentadoria; e trazido até a minha própria porta. Isso ocorreu após o retiro para minha pequena casa em Sussex, quando passei a dedicar-me inteiramente àquela vida confortante junto à natureza, pela qual eu ansiara tantas vezes durante os longos anos em meio à melancolia de Londres. Nesse período da minha vida, o bom Watson estava praticamente além do meu alcance. Uma visita ocasional no fim de semana era o máximo que eu o via. Desse modo, tenho de atuar como meu próprio cronista. Ah! Se ele estivesse comigo, quanto ele poderia ter feito de um acontecimento tão maravilhoso e do meu eventual triunfo contra todas as dificuldades! No entanto, devo contar a história do meu próprio jeito simples, mostrando com minhas palavras cada passo na difícil estrada que se estendeu diante de mim enquanto investigava o mistério da juba do leão.

A minha casa de campo está situada na encosta sul dos Downs, com uma ampla vista do Canal da Mancha. Nesse ponto, a costa é composta de rochedos, e o acesso ao mar é feito por um caminho longo e tortuoso, íngreme e escorregadio. No final dele, há uns cem metros de seixos e pedras soltas, mesmo quando a maré está alta. Aqui e ali, no entanto, existem curvas e concavidades que formam esplêndidas piscinas naturais, renovadas a cada correnteza. Essa praia admirável estende-se por alguns quilômetros, exceto em um ponto onde a pequena enseada e vilarejo de Fulworth quebra a linha.

Minha casa é solitária. Eu, minha velha governanta e minhas abelhas temos toda a propriedade só para nós. A oitocentos metros, no entanto, encontra-se a famosa escola preparatória de Harold Stackhurst, chamada Gables, um lugar bastante grande, com um grupo de jovens preparando-se para várias profissões com uma equipe de diversos professores. O próprio Stackhurst era um conhecido remador em sua época, e intelectual de ampla erudição. Ficamos amigos desde o dia em que cheguei à costa, com tal intimidade que podíamos visitar um ao outro à noite sem precisar de um convite.

Próximo ao final de julho de 1907, houve uma tempestade forte e o vento, soprando na direção norte do Canal, jogou o mar contra a base dos rochedos formando uma lagoa na virada da maré. Na manhã da qual eu falo, o vento havia enfraquecido, e toda natureza estava renovada e fresca. Era impossível trabalhar em um dia tão aprazível, e saí para uma caminhada antes do café-da-manhã a fim de gozar da atmosfera primorosa. Caminhei pela trilha dos rochedos que descia até a praia. Enquanto caminhava, ouvi um grito atrás de mim, e lá estava Harold Stackhurst acenando-me animadamente.

– Que manhã, sr. Holmes! Pensei que o veria na rua.

– Vejo que você está indo nadar.

– Lá vem você mais uma vez com suas velhas brincadeiras – ele riu, batendo em sua algibeira volumosa. – Sim, McPherson saiu cedo, e talvez eu possa encontrá-lo.

Fitzroy McPherson era o professor de Ciências, um jovem bom e íntegro, cuja vida havia sido prejudicada por um problema cardíaco após uma febre reumática. No entanto, ele era um atleta nato, tinha um excelente desempenho em qualquer esporte que não lhe exigisse em demasia. No verão e no inverno ele nadava, e, como sou um nadador também, muitas vezes juntei-me a ele.

Nesse momento nós o vimos. A sua cabeça surgiu acima da beira dos rochedos onde o caminho termina. Em seguida o seu corpo todo apareceu, cambaleando como um bêbado. No instante seguinte ele jogou as mãos para cima e, com um grito terrível, caiu de cara no chão. Stackhurst e eu saímos correndo – poderiam ser cinqüenta metros – e viramos seu corpo de costas. Ele estava obviamente morrendo. Aqueles olhos vidrados afundados e as faces lívidas não poderiam significar nada mais. Por um instante um lampejo de vida surgiu em seu rosto, e ele pronunciou duas ou três palavras com um ar ansioso de advertência, indistintamente, e comendo as sílabas. Mas para os meus ouvidos as últimas palavras, lançadas como um grunhido de seus lábios, foram "a juba do leão". Eram inteiramente incompreensíveis e ininteligíveis, e ainda assim não consegui dar ao som qualquer outro sentido. Então ele levantou o tronco do chão, jogou os braços para o alto e caiu para a frente. Estava morto.

Meu companheiro estava paralisado pelo horror, mas eu, como bem pode ser imaginado, tinha todos os sentidos em alerta. E precisava deles, pois era evidente que estávamos diante de um caso extraordinário. O homem vestia somente seu sobretudo Burberry, calças e um par desamarrado de sapatos de lona. Quando tombou de vez, o sobretudo, que fora simplesmente jogado sobre os ombros, escorregou expondo o seu tronco. Olhamos espantados para ele. As costas estavam cobertas com linhas vermelho-escuras como se ele tivesse sido terrivelmente açoitado com um arame fino. O instrumento com o qual essa punição havia sido aplicada era claramente flexível, pois os longos vergões acompanhavam as curvas dos seus ombros e costelas. Havia sangue escorrendo queixo abaixo, pois ele tinha mordido o lábio inferior no acesso de agonia. O rosto emaciado e distorcido contava quão terrível ela tinha sido.

Eu estava ajoelhado e Stackhurst, de pé junto ao corpo, quando uma sombra passou por nós, e vimos que Ian Murdoch estava ao nosso lado. Murdoch era o professor de Matemática na escola, um homem alto, magro, moreno, tão taciturno e arredio que ninguém poderia dizer que fora seu amigo. Aparentemente vivia em uma região distante e abstrata de números irracionais e seções cônicas, com pouco que o ligasse à vida cotidiana. Era visto como um excêntrico pelos estudantes, e teria sido objeto de chacota, não fosse sua natureza estranha e esquisita, que aparecia não apenas em seus olhos escuros como carvão e rosto de compleição escura, mas também em explosões de cólera, que poderiam ser descritas somente como ferozes. Em uma ocasião, ao ser incomodado por um pequeno cão que pertencia a McPherson, ele pegou a criatura do chão e arremessou-a através de uma janela de vidro laminado, um ato que certamente teria feito Stackhurst demiti-lo, se ele não fosse um professor tão valioso. Assim era o homem estranho e complexo que agora surgia ao nosso lado. Ele parecia realmente chocado com a visão diante de si, apesar de o incidente com o cão ter demonstrado que não havia grande simpatia entre o homem morto e ele próprio.

– Pobre homem! Pobre homem! O que eu posso fazer? Como eu posso ajudar?

– O senhor estava com ele? Pode nos dizer o que aconteceu?

– Não, não, eu acordei tarde esta manhã. Não estive na praia. Vim direto da Gables. O que eu posso fazer?

– O senhor pode correr para o posto policial em Fulworth. Relate o caso imediatamente.

Sem uma palavra ele saiu em alta velocidade, e procurei assumir o controle da situação, enquanto Stackhurst, confuso com a tragédia, permaneceu ao lado do corpo. Minha primeira tarefa, naturalmente, era observar quem estava na praia. Do cimo do caminho eu podia ver toda a sua extensão, e ela estava absolutamente deserta, com exceção de duas ou três figuras escuras que podiam ser vistas bem longe, deslocando-se em direção ao vilarejo de Fulworth. Estando satisfeito até aquele ponto, andei vagarosamente caminho abaixo. Havia barro ou calcário argiloso misturado com a greda, e aqui e ali eu via as mesmas pegadas, tanto subindo quanto descendo. Ninguém mais havia descido para a praia por aquele caminho naquela manhã. Em um ponto observei a impressão de uma mão aberta com os dedos apontados para cima. Isso só podia significar que o pobre McPherson havia caído enquanto subia. Havia também depressões arredondadas, o que sugeria que ele tinha caído de joelhos mais de uma vez. Ao final do caminho havia uma lagoa considerável deixada pelo recuo da maré. Junto a ela McPherson havia se despido, pois lá se encontrava sua toalha sobre uma pedra. Ela estava dobrada e seca, dando a impressão de que ele não tinha entrado na água. Uma ou duas vezes, enquanto eu vasculhava entre o seixo duro, encontrei pequenos trechos de areia onde as marcas do seu sapato de lona, e também do pé despido, podiam ser vistas. O segundo fato provava que ele havia se aprontado para nadar, apesar de a toalha provar que ele não tinha realmente feito isso.

E aqui estava o problema claramente definido – tão estranho quanto qualquer um que eu tenha confrontado. O homem não esteve na praia por mais do que quinze minutos. Stackhurst o havia seguido da Gables, então não poderia haver dúvida a esse respeito. Como mostravam as pegadas nuas, ele tinha ido tomar banho e tirado a roupa. Então, de repente, havia colocado a roupa desordenadamente – estava toda desarrumada e desatada – e voltou sem tomar banho, ou sem se secar. E a razão para essa mudança de propósito havia sido que ele fora açoitado de maneira selvagem e desumana, torturado até rasgar o lábio ao mordê-lo em sua agonia e deixado somente com força suficiente para arrastar-se para longe e morrer. Quem teria cometido esse ato bárbaro? Havia, é verdade, pequenas cavernas e grotas na base dos rochedos, mas o sol baixo brilhava diretamente nelas, e não haveria lugar para se esconder. Então, mais uma vez, havia aquelas figuras distantes na praia, mas muito distantes para estarem ligadas ao crime, e a lagoa na qual McPherson tivera a intenção de nadar encontrava-se entre eles, sobrepondo-se às pedras. No mar, dois ou três pesqueiros não estavam a uma grande distância. Os seus ocupantes poderiam ser investigados quando quiséssemos. Havia vários caminhos para seguir, mas nenhum levava a qualquer objetivo muito óbvio.

Quando finalmente voltei ao local onde estava o corpo, vi que um grupo de pessoas que passavam o havia cercado. Stackhurst, é claro, ainda estava ali, e

Ian Murdoch recém havia chegado com Anderson, o policial do vilarejo, um homem grande, de bigode ruivo, da estirpe lenta e sólida de Sussex – uma estirpe com muito bom senso sob um exterior pesado e silencioso. Ele ouviu e anotou tudo o que dissemos e, finalmente, puxou-me para o lado.

– Eu aceitaria de bom grado os seus conselhos, sr. Holmes. Esse é um caso grande para eu lidar, e vou ser repreendido por Lewes se fizer algo errado.

Aconselhei-o a chamar o seu superior imediato e um médico, a não permitir que nada fosse removido e o mínimo possível de pegadas novas até que eles chegassem. Nesse ínterim, vasculhei os bolsos do homem morto. Havia um lenço, uma faca grande e uma pequena carteira para cartões. Projetava-se dela um bilhete, que abri e passei para o policial. Havia algo escrito nele com uma letra feminina em garranchos: "Eu vou estar lá, pode ter certeza. – Maudie". A leitura possível era a de um caso de amor, um encontro marcado, apesar de quando e onde serem uma incógnita. O policial recolocou-o na carteira e colocou-a de volta com as outras coisas nos bolsos do sobretudo Burberry. Então, como nada mais se apresentava, voltei caminhando para minha casa para tomar o café-da-manhã, tendo primeiro providenciado que a base dos rochedos fosse minuciosamente vasculhada.

Stackhurst estava de volta em uma ou duas horas para me dizer que o corpo havia sido levado para Gables, onde a investigação criminal seria feita. Ele trouxe consigo algumas notícias sérias e definitivas. Como eu esperava, nada havia sido encontrado nas pequenas cavernas abaixo dos rochedos, mas ele tinha examinado os papéis na mesa de McPherson, e vários mostravam uma correspondência íntima com uma certa srta. Maud Bellamy, de Fulworth. Tínhamos então estabelecido a identidade da escritora da nota.

– A polícia tem as cartas – ele explicou. – Não pude trazê-las. Mas não há dúvida de que se tratava de um caso sério de amor. Eu não vejo razão, no entanto, para vinculá-lo com o terrível acontecimento, salvo, contudo, se a senhorita marcou um encontro com ele.

– Mas dificilmente em uma piscina natural que todos vocês freqüentavam – comentei.

– Foi um mero acaso – disse ele – que vários estudantes não estivessem com McPherson.

– *Foi* um mero acaso?

Stackhurst franziu as sobrancelhas pensativamente.

– Ian Murdoch os deteve – disse ele –, ele insistiu em fazer uma demonstração de álgebra antes do café-da-manhã. Pobre camarada, está se sentindo terrivelmente mal com tudo isso.

– E no entanto eu deduzo que eles não eram amigos.

– Em certa época eles não eram. Mas, por um ano ou mais, Murdoch esteve próximo de McPherson como jamais esteve de alguém. Ele não tem um temperamento muito solidário por natureza.

– Assim eu entendo. Tenho a impressão de que uma vez você me falou de uma briga sobre o mau tratamento de um cão.

– Isso terminou bem.

– Mas talvez tenha deixado algum sentimento de vingança.

– Não, não; tenho certeza de que eles eram amigos de verdade.

– Bom, então, temos de explorar a questão da garota. Você a conhece?

– Todos a conhecem. Ela é a bela do bairro – uma beleza real, Holmes, que chamaria a atenção em qualquer lugar. Eu sabia que McPherson se sentia atraído por ela, mas não tinha sabia que a relação tinha ido tão longe quanto aquelas cartas parecem indicar.

– Mas quem é ela?

– É a filha do velho Tom Bellamy, o dono de todos os barcos e abrigos de banho em Fulworth. Ele era um pescador no início, mas agora é um homem de alguma importância. Ele e seu filho tocam o negócio.

– Devemos ir a Fulworth e vê-los?

– Com que pretexto?

– Oh, podemos achar um pretexto facilmente. Afinal, esse pobre homem não maltratou a si mesmo dessa forma ultrajante. Alguma mão segurava o cabo daquele chicote, se realmente foi um chicote que causou os ferimentos. O seu círculo de conhecidos nesse lugar solitário era certamente limitado. Vamos seguir em todas as direções e dificilmente deixaremos de chegar ao motivo, que, por sua vez, deve nos levar ao criminoso.

Teria sido uma caminhada aprazível pela chapada com sua fragrância de tomilho, não estivessem nossas mentes envenenadas pela tragédia de que tínhamos sido testemunhas. O vilarejo de Fulworth encontra-se em um vale que faz um semicírculo em torno da baía. Por trás do antigo povoado, várias casas modernas foram construídas sobre o terreno em aclive. Foi para uma dessas que Stackhurst me guiou.

– Essa é "O Abrigo", como Bellamy a chama. É a casa com a torre no canto e o telhado de ardósia. Nada má para um homem que começou com nada, mas – por Deus, olhe para isso!

O portão do jardim d'O Abrigo fora aberto e um homem surgira. Não havia engano quanto àquela figura alta, angular e relaxada. Era Ian Murdoch, o matemático. Um momento mais tarde nós o confrontamos na rua.

– Olá! – disse Stackhurst. O homem inclinou a cabeça e lançou um olhar de lado com seus olhos escuros curiosos, e teria seguido adiante, mas o seu chefe o deteve.

– O que o senhor estava fazendo lá? – perguntou ele.

O rosto de Murdoch enrubesceu de raiva.

– Eu sou seu subordinado, senhor, sob o seu teto. Não creio que lhe deva qualquer satisfação de meus atos privados.

Os nervos de Stackhurst estavam à flor da pele após tudo o que tinha passado. De outro modo, talvez ele tivesse se controlado. Naquele instante, perdeu completamente a calma.

– A sua resposta é totalmente inoportuna nas circunstâncias que se apresentam, sr. Murdoch.

– A sua pergunta também.

– Não é a primeira vez que tive de deixar passar as suas maneiras insubordinadas. Será certamente a última. O senhor por favor tome novas providências para o futuro o mais rápido possível.

– Eu tinha a intenção de fazê-lo. Perdi hoje a única pessoa que tornava Gables tolerável.

Ele seguiu seu caminho a passos largos, enquanto Stackhurst, com raiva, permaneceu com o olhar fixo nele. – Ele não é um homem intolerável? – disse.

A impressão que forçosamente ficou em minha mente foi que Ian Murdoch estava aproveitando a primeira chance para escapar da cena do crime. Uma suspeita, vaga e nebulosa, começava agora a delinear-se em minha mente. Talvez a visita aos Bellamys pudesse jogar alguma luz sobre a questão. Stackhurst recuperou-se e seguimos adiante para a casa.

O sr. Bellamy era um homem de meia-idade com uma barba ruiva flamejante. Ele parecia estar de péssimo humor, e logo seu rosto estava tão avermelhado quanto o cabelo.

– Não, senhor, não desejo pormenores. O meu filho aqui – indicando um jovem robusto, de rosto pesado, taciturno, sentado no canto da sala de estar – tem a mesma opinião que eu de que as atenções do sr. McPherson para Maud eram insultantes. Sim, senhor, a palavra "casamento" nunca foi mencionada, e mesmo assim havia cartas, encontros e muito mais do que qualquer um de nós dois poderia aprovar. Ela não tem mãe, e nós somos seus únicos protetores. Estamos determinados...

Mas as palavras foram tiradas de sua boca com a aparição da jovem. Não havia contradição alguma em dizer que ela encantaria qualquer reunião social no mundo. Quem poderia imaginar que uma flor tão rara cresceria de uma raiz como aquela e em tal atmosfera? As mulheres raramente foram uma atração para mim, pois meu cérebro sempre guiou meu coração, mas não conseguia olhar para o seu rosto de traços perfeitos, com toda juventude suave da região dos Downs em sua tez delicada, sem me dar conta de que nenhum jovem cruzaria o seu caminho incólume. Essa era a garota que tinha aberto a porta e parava agora, de olhos arregalados e intensos, em frente a Harold Stackhurst.

– Eu já sei que Fitzroy está morto – disse ela. – Não tenha medo de me contar os pormenores.

– Esse outro cavalheiro que está com os senhores nos colocou a par das notícias – explicou o pai.

– Não há razão para envolver minha irmã nesse caso – grunhiu o homem mais jovem.

A irmã voltou-se para ele com um olhar duro.

– Isso é problema meu, William. Por favor, deixe-me administrá-lo do meu jeito. Afinal de contas, um crime foi cometido. Se eu puder ajudar a apontar quem o fez, é o mínimo que eu posso fazer por ele agora que partiu.

Ela ouviu um relato resumido de meu companheiro, com controle que me mostrou que possuía um caráter forte, além de uma beleza ímpar. Maud Bellamy vai permanecer em minha memória para sempre como uma mulher absolutamente completa e extraordinária. Aparentemente ela já me conhecia de vista, pois se voltou para mim no final.

– Entregue esses criminosos para a justiça, sr. Holmes. O senhor tem minha solidariedade e minha ajuda, quem quer que eles sejam. – Pareceu-me que ela lançou um olhar desafiador para o pai e o irmão enquanto falava.

– Obrigado – eu disse. – Valorizo os instintos de uma mulher nessas questões. A senhorita usou a palavra "eles". Por acaso acredita que há mais de uma pessoa envolvida?

– Eu conhecia McPherson bem o suficiente para saber que ele era um homem corajoso e forte. Nenhuma pessoa sozinha conseguiria infligir nele tal atrocidade.

– Eu poderia ter uma palavra consigo a sós?

– Eu lhe digo, Maud, não se envolva nesse caso – exclamou seu pai, bravo.

Ela olhou para mim desamparada.

– O que posso fazer?

– Todo mundo vai saber dos fatos dentro em breve, então não pode haver prejuízo algum se eu discuti-los aqui – eu disse. – Eu preferiria privacidade, mas se o seu pai não vai permitir isso, ele deve participar das deliberações. – Então falei da nota que havia sido encontrada no bolso do homem morto. – Ela certamente será apresentada no inquérito. Posso pedir que a senhorita a esclareça da forma que puder?

– Não vejo razão para mistério – ela respondeu. – Nós havíamos noivado para casar, e apenas mantivemos isso em segredo porque o tio de Fitzroy, que é muito velho e dizem estar morrendo, poderia deserdá-lo se ele casasse contra a sua vontade. Não havia outra razão.

– Você podia ter nos contado – grunhiu o sr. Bellamy.

– Assim o faria, pai, se o senhor tivesse demonstrado alguma compreensão.

– Desaprovo que a minha filha saia com homens que não tenham o seu *status* social.

– Foi o seu preconceito contra ele que fez com que nós não o avisássemos. Com relação ao encontro – ela tateou desajeitadamente em seu vestido e apresentou uma nota amassada –, foi em resposta a isso.

Querida, [seguia a nota]
O velho local na praia logo após o pôr-do-sol na terça-feira. É a única hora em que estou livre. – F. M.

– Terça-feira é hoje, e eu tinha a intenção de encontrá-lo à noite.

Virei o papel:

– Isso não veio pelo correio. Como a senhorita a recebeu?

– Preferiria não responder a essa pergunta. Isso realmente não tem nada a ver com o caso que o senhor está investigando. Mas qualquer coisa que tiver relevância, responderei o mais francamente possível.

Ela manteve a palavra, mas não havia nada que pudesse ajudar em nossa investigação. Ela não tinha razões para acreditar que o seu noivo tivesse algum inimigo desconhecido, mas admitiu que tivera vários admiradores ardorosos.

– Posso perguntar se o sr. Ian Murdoch foi um deles?

Ela enrubesceu e pareceu confusa.

– Houve uma época em que eu achei que sim. Mas isso tudo mudou quando ele entendeu as minhas relações com Fitzroy.

Mais uma vez a sombra em torno desse homem estranho parecia assumir um contorno mais definitivo. O seu histórico tinha de ser examinado. Os seus aposentos tinham de ser inspecionados reservadamente. Stackhurst era um colaborador bem-disposto, pois em sua mente também se formavam suspeitas. Voltamos de nossa visita ao Abrigo com a esperança de que uma ponta desse emaranhado já estivesse em nossas mãos.

Uma semana passou. A investigação não jogou luz alguma sobre o caso e havia sido suspensa até que surgissem novas evidências. Stackhurst havia feito uma investigação discreta sobre o seu subordinado, e houve uma busca superficial em seu quarto, mas sem resultados. Pessoalmente, eu havia repassado todos os elementos mais uma vez, tanto física quanto mentalmente, mas sem conclusões novas. Entre todos os meus relatos, o leitor não vai encontrar um caso que me trouxesse tão completamente ao limite de meus poderes. Mesmo minha imaginação não conseguia conceber uma solução para o mistério. E então ocorreu o incidente do cachorro.

Foi a minha velha governanta quem primeiro

ouviu a respeito, daquele jeito estranho de comunicação sem fio pelo qual tais pessoas recebem as notícias no campo.

– Que história triste essa, senhor, sobre o cão do sr. McPherson – disse ela uma noite.

Não encorajo esse tipo de conversa, mas as palavras prenderam a minha atenção.

– Qual o problema com o cão do sr. McPherson?

– Ele está morto, senhor, morto. Morreu de luto pelo seu dono.

– Quem lhe falou isso?

– Ora, senhor, todos estão falando a respeito. Ele sentiu terrivelmente o golpe e passou uma semana sem comer. Então hoje dois estudantes da Gables o encontraram morto – na praia, senhor, no lugar exato onde o seu dono encontrou o seu fim.

No lugar exato. As palavras destacaram-se claras em minha memória. Surgiu em minha mente alguma percepção confusa de que a questão era vital. Que o cão morresse era parte da natureza bela e fiel dos cães. Mas no "lugar exato"! O que havia de fatal nessa praia solitária? Seria possível que ele também houvesse sido sacrificado em alguma contenda vingativa? Seria possível? Sim, a percepção era confusa, mas já havia algo surgindo em minha mente. Em poucos minutos eu estava a caminho da Gables, onde encontrei Stackhurst em seu gabinete. A meu pedido ele mandou chamar Sudbury e Blount, os dois estudantes que tinham achado o cão.

– Sim, ele estava na beira da lagoa – disse um deles. – Ele deve ter seguido o rasto do seu falecido dono.

Vi a pequena e fiel criatura, um *terrier* Airedale, deitado sobre o tapete na entrada. O corpo estava duro e rígido, os olhos saltados e os membros contorcidos. Havia agonia em cada traço dele.

Da Gables eu desci até a piscina natural. O sol havia caído e a sombra dos grandes rochedos deitava-se escura sobre a água, que tremeluzia sem brilho como uma lâmina de chumbo. O lugar estava deserto e não havia sinal de vida, salvo duas aves marinhas voando em círculos e guinchando no alto. Na luz que diminuía aos poucos, consegui distinguir vagamente as pequenas pegadas do cão sobre a duna em torno da mesma pedra sobre a qual a toalha do dono havia sido largada. Por um longo tempo fiquei em profunda meditação enquanto as sombras se tornavam mais escuras ao meu redor. Minha mente estava em meio a uma torrente de pensamentos. Você sabe o que é um pesadelo no qual você está buscando alguma coisa de vital importância e sabe que ela está lá, apesar de estar além do seu alcance. Assim eu me senti naquela noite, sozinho naquele lugar de morte. Então finalmente dei a volta e caminhei devagar para casa.

Eu havia recém chegado ao topo do caminho, quando me veio à mente o que estava procurando. Como um raio, lembrei-me do fato que tentava tão ansiosa e inutilmente compreender. Você sabe, ou Watson escreveu em vão, que mantenho um grande estoque de conhecimentos pouco usuais, sem um sistema científico, mas muito aproveitáveis para as necessidades do meu trabalho. Minha mente é como uma sala cheia de caixas com pacotes de todos os tipos estocados ali – são tantos que eu só consigo ter uma vaga noção do que tem lá. Eu sabia que havia algo que poderia influenciar este caso. Ainda era uma idéia vaga, mas pelos menos eu sabia como poderia torná-la clara. Era monstruoso, incrível, e ainda assim uma possibilidade. Eu a testaria até o limite.

Há um grande sótão repleto de livros em minha casa. Foi nele que mergulhei e remexi por uma hora. Ao final desse tempo, emergi com um pequeno volume cor prata e chocolate. Ansiosamente procurei o capítulo do qual eu tinha uma vaga lembrança. Sim, era realmente uma proposição forçada e improvável, e ainda assim eu não poderia descansar até que tivesse certeza se poderia, realmente, ser isso. Era tarde quando me deitei, com minha mente ansiosa esperando pelo trabalho do dia seguinte.

Mas esse trabalho encontrou uma interrupção irritante. Eu mal tinha sorvido o meu chá matutino e estava partindo para a praia, quando recebi uma visita do inspetor de polícia de Sussex, Bardle – um homem sólido, firme e lento, com olhos pensativos, que me miravam agora com uma expressão muito perturbada.

– Tenho conhecimento da sua imensa experiência, senhor – ele disse. – Isto é completamente extra-oficial, é claro, e não deve ir mais longe. Mas sou razoavelmente contra isso nesse caso McPherson. A questão é: devo fazer uma prisão, ou não?

– Estamos falando de Ian Murdoch?

– Sim, senhor. Não há ninguém mais quando você pensa a respeito. Essa é a vantagem deste lugar ermo. Ficamos restritos a um círculo muito pequeno. Se ele não foi ele, quem foi?

– O que o senhor tem contra ele?

Ele trabalhara compilando os mesmos indícios que eu. Havia o caráter de Murdoch e o mistério que parecia cercar o homem. Os seus acessos furiosos de humor, como o incidente do cão. O fato de ele ter brigado com McPherson no passado, e de que havia alguma razão para acreditar que ele poderia ter ficado ressentido com as suas atenções para com a senhorita Bellamy. Ele tinha todos os meus pontos, mas nenhum novo, salvo que Murdoch parecia estar se preparando para partir.

– Como eu ficaria se o deixasse escapar com todas essas evidências contra ele? – O homem corpulento e fleumático estava terrivelmente perturbado.

– Considere – eu disse – todas as falhas essenciais em seu caso. Na manhã do crime, ele certamente pode provar um álibi. Esteve com seus estudantes até o último momento e, após alguns minutos da aparição de McPherson, surgiu por trás de nós. Agora pense na absoluta impossibilidade de ele ter infligido sozinho essa barbaridade em um homem tão forte quanto ele mesmo. Finalmente, há a questão do instrumento com o qual esses ferimentos foram feitos.

– O que poderia ser, fora um açoite ou um chicote flexível qualquer?

– O senhor examinou as marcas? – perguntei.

– Eu as vi. Assim como o médico.

– Mas eu as examinei muito cuidadosamente com uma lente. Elas têm peculiaridades.

– Quais são elas, sr. Holmes?

Entrei em meu gabinete e trouxe uma fotografia ampliada.

– Esse é o meu método em tais casos – expliquei.

– O senhor é certamente meticuloso em seu trabalho, sr. Holmes.

– Dificilmente eu seria o que sou se não o fosse. Agora vamos considerar esse vergão que se estende em torno do ombro direito. O senhor não vê nada de extraordinário?

– Eu não posso dizer que veja.

– É evidente que ele é desigual em sua intensidade. Há um ponto de sangue derramado aqui e outro ali. Há indicações similares neste outro vergão, neste ponto abaixo. O que isso pode significar?

– Não tenho idéia. O senhor tem?
– Talvez eu tenha. Talvez não. Serei capaz de dizer brevemente. Qualquer coisa que venha a definir o que fez essa marca vai nos aproximar muito do criminoso.

– Trata-se, obviamente, de uma idéia absurda – disse o policial –, mas se uma malha de arames em brasas açoitou as costas da vítima, então estes locais mais marcados representariam os pontos em que os feixes cruzaram uns com os outros.

– Uma comparação muito inventiva. Ou deveríamos dizer um açoite de nove correias bem retesado, com pequenos nós duros nas pontas, que arranha como a garra de um gato?

– Por Deus, sr. Holmes, acho que o senhor acertou em cheio.

– Ou pode ser algo muito diferente, sr. Bardle. Mas o seu motivo é fraco demais para uma prisão. Além disso, temos as últimas palavras pronunciadas – "a juba do leão".

– Considerei se Ian...

– Sim, pensei nisso. Se a segunda palavra teria alguma semelhança com Murdoch – mas não tinha. Ele a pronunciou quase com um guincho. Tenho certeza de que foi "juba".

– O senhor não tem uma alternativa, sr. Holmes?

– Talvez eu tenha. Mas não gostaria de discuti-la até que houvesse algo mais sólido.

– E quando será isso?

– Em uma hora – talvez menos.

O inspetor coçou o queixo e olhou-me com olhos de dúvida.

– Gostaria de saber o que se passa em sua mente, sr. Holmes. Talvez sejam aqueles pesqueiros.

– Não, não; eles estavam muito distantes.

– Bom, então, trata-se de Bellamy e daquele filho

dele? Eles não gostavam muito do sr. McPherson. Eles poderiam ter-lhe feito algum mal?

– Não, não; o senhor não vai tirar nada de mim até eu estar pronto – disse, com um sorriso. – Agora, inspetor, nós dois temos trabalho a fazer. O que acha de me encontrar aqui ao meio-dia?

Esse é o ponto até onde tínhamos chegado, quando ocorreu a tremenda interrupção que foi o começo do fim.

Minha porta da rua foi escancarada, passadas desajeitadas foram ouvidas no corredor e Ian Murdoch cambaleou para dentro da sala, pálido, desgrenhado, as roupas completamente em desordem, agarrando-se nos móveis com as mãos ossudas para se manter de pé.

– Conhaque! Conhaque! – arfou, e caiu gemendo sobre o sofá.

Ele não estava sozinho. Atrás dele vinha Stackhurst, sem o chapéu e ofegante, quase tão *aflito* quanto o seu companheiro.

– Sim, sim, conhaque! – exclamou. – O homem está nas suas últimas forças. Foi tudo que pude fazer trazendo-o aqui. Ele desmaiou duas vezes no caminho.

Meio copo do destilado puro provocou uma mudança incrível. Ele se ergueu sobre um braço e tirou o casaco de seus ombros.

– Pelo amor de Deus! Azeite, ópio, morfina! – ele exclamou. – Qualquer coisa que amenize essa agonia infernal!

O inspetor e eu gritamos diante da cena. Ali, entrecruzado sobre o ombro nu do homem, estava o mesmo estranho padrão reticulado de linhas vermelhas, inflamadas, que haviam sido a marca de morte de Fitzroy McPherson.

A dor era evidentemente terrível e era mais do

que local, pois a respiração do sofredor parava por um momento, a face tornava-se escura, e, então, com ruidosas arfadas, ele batia com a mão no coração, enquanto caíam de sua testa gotas de suor. A qualquer momento ele poderia morrer. Mais e mais conhaque foi despejado em sua garganta, cada dose nova trazendo-o de volta para a vida. Chumaços de algodão cru embebidos em azeite de mesa pareciam amenizar a agonia das estranhas feridas. Por fim a cabeça caiu pesadamente sobre a almofada. A natureza exausta tinha procurado refúgio em sua última fonte de vitalidade. Era meio sono, meio desmaio, mas pelo menos mitigava a dor.

Interrogá-lo havia sido impossível, mas, assim que nos asseguramos de sua condição, Stackhurst voltou-se para mim.

– Meu Deus! – ele exclamou –, o que é isso, Holmes? O que é isso?

– Onde você o achou?

– Na praia. Exatamente onde o pobre McPherson morreu. Se o coração desse homem fosse fraco como era o de McPherson, ele não estaria aqui agora. Mais de uma vez pensei que ele tinha se ido enquanto o trazia. Era muito longe até a Gables, então vim até aqui.

– Você o viu na praia?

– Eu estava caminhando no alto dos rochedos quando ouvi os seus gritos. Ele estava na beira d'água, cambaleando como um bêbado. Corri para baixo, joguei algumas roupas sobre ele e o trouxe para cá. Pelo amor de Deus, Holmes, use todos os seus poderes e não poupe esforços para acabar com a maldição deste lugar, pois a vida está se tornando insuportável. Você não consegue, com toda sua reputação mundial, fazer algo por nós?

– Acho que sim, Stackhurst. Venha comigo agora!

E o senhor, inspetor, venha junto! Vamos tentar entregar esse assassino em suas mãos.

Deixando o homem inconsciente a cargo de minha governanta, nós três descemos para a lagoa mortífera. Nos seixos da praia havia uma pequena pilha de toalhas e roupas, deixadas pelo homem ferido. Vagarosamente caminhei pela beira da água, meus companheiros em fila indiana atrás de mim. A maior parte da piscina era relativamente rasa, mas, sob os rochedos, onde a praia formava uma baía, ela tinha um metro, um metro e meio de profundidade. Era para essa parte que um nadador certamente iria, pois ela formava uma bela piscina natural, translúcida e com uma tonalidade verde, tão límpida quanto um cristal. Uma linha de pedras pousava acima dela na base da parede de rochedos, e junto a essa linha liderei a caminhada, perscrutando ansiosamente as suas profundezas. Eu havia alcançado a piscina mais profunda e serena quando meus olhos encontraram aquilo que procuravam, e irrompi em um brado de triunfo.

— *Cyanea*! — gritei. — *Cyanea*! Vejam a juba do leão!

O estranho objeto para o qual eu apontava realmente parecia uma massa arrancada da juba de um leão. Ele pousava sobre uma rocha um metro abaixo da água, uma criatura curiosa, ondulante, vibrante, felpuda, com faixas cor prata entre as suas madeixas amarelas. Ela pulsava com uma dilatação e contração lenta e pesada.

— Ela fez mal o suficiente. Os seus dias acabaram! — exclamei. — Ajude-me, Stackhurst! Vamos terminar com a assassina para sempre.

Havia uma grande pedra um pouco acima da borda do rochedo, e nós a empurramos até ela cair provocando uma enorme onda de impacto na água. Quando as pequenas ondulações haviam acalmado, vimos que ela tinha se acomodado sobre uma rocha mais abaixo. O movimento de uma ponta de membrana amarela mostrava que a nossa vítima estava embaixo dela. Uma espuma grossa e oleosa vazou lentamente debaixo da pedra e manchou a água em torno, subindo aos poucos para a superfície.

– Bom, essa me derrubou! – exclamou o inspetor. – O que é isso, sr. Holmes? Eu nasci e cresci nessa região, mas nunca vi algo parecido. Essa criatura não é de Sussex.

– Tanto melhor para Sussex – comentei. – Pode ter sido o vento sudoeste que a trouxe para cá. Venham comigo até a minha casa, e vou lhes mostrar a experiência terrível de uma pessoa que tinha uma boa razão para lembrar o seu próprio encontro com o mesmo perigo dos mares.

Quando chegamos ao meu gabinete, vimos que Murdoch estava tão avançado em sua recuperação que podia sentar-se. Ele estava com a mente confusa, e de vez em quando era sacudido por um acesso de dor. Com palavras entrecortadas explicou que não tinha noção do que havia ocorrido, salvo que dores agudas terríveis tinham repentinamente o trespassado e que fora necessária toda a sua resistência para alcançar a margem.

– Aqui está o livro – eu disse, erguendo o pequeno volume – que primeiro jogou luz sobre o que poderia permanecer obscuro para sempre. Ele é o *Out of doors*, do famoso observador J. G. Wood. O próprio Wood quase perdeu a vida ao fazer contato com essa criatura vil, portanto ele escreveu com bastante conhecimento de causa. *Cyanea capillata* é o nome completo da vilã, e ela pode ser tão perigosa, e muito mais dolorosa, quanto a mordida de uma serpente. Deixe-me ler brevemente esse resumo:

"'Caso o banhista veja uma massa arredondada de membranas e fibras amarelo-castanhas, algo como punhados muito grandes de uma juba de leão e papel prateado, tenha cuidado, pois é a temível medusa, *Cyanea capillata*.' A nossa sinistra conhecida poderia ser mais claramente descrita?

"Ele segue com o relato do seu próprio encontro com uma delas nadando ao largo da costa de Kent. Ele descobriu que a criatura radiava filamentos quase invisíveis a uma distância de quase dezessete metros, e que qualquer pessoa dentro dessa circunferência corria o risco de morte. Mesmo a distância, o efeito sobre Wood foi quase fatal. 'Os múltiplos filamentos causaram linhas de um escarlate claro sobre a pele que, ao serem examinadas mais de perto, transformaram-se em pontos minúsculos ou pústulas, cada ponto marcado como se fosse marcado por uma agulha incandescente abrindo o seu caminho através dos nervos.'

"A dor local era, como ele explica, a menor parte do intenso tormento. 'Dores excruciantes varavam o peito, fazendo-me cair como se atingido por uma bala. A pulsação parava, e então o coração dava seis ou sete saltos como se estivesse forçando sua saída através do peito.'

"O ataque quase o matou, apesar de ele ter sido atingido em um oceano agitado, e não na água calma e limitada de uma piscina natural. Ele disse que mal conseguia reconhecer-se depois, de tão branco, enrugado e mirado que estava o seu rosto. Ele engoliu um conhaque, uma garrafa inteira, e parece que isso salvou sua vida. Aqui está o livro, inspetor. Eu o deixo com o senhor, e não duvide de que ele contém uma explicação completa da tragédia do pobre McPherson."

– E incidentalmente me exonera – comentou Ian Murdoch com um sorriso amargo. – Eu não o culpo, inspetor, tampouco o senhor, sr. Holmes, pois as suas suspeitas eram naturais. Sinto que na véspera de minha prisão só me inocentei compartilhando do mesmo destino do meu pobre amigo.

– Não, sr. Murdoch. Eu já estava no caminho certo, e se tivesse saído mais cedo, como era minha intenção, eu poderia tê-lo poupado dessa terrível experiência.

– Mas como o senhor sabia, sr. Holmes?

– Sou um leitor onívoro, com uma memória estranhamente retentiva para detalhes insignificantes. Aquela frase "a juba do leão" não saía de minha mente. Eu sabia que a tinha visto em algum lugar em um contexto inesperado. O senhor viu que ela descreve a criatura. Não tenho dúvidas de que ela estava flutuando na água quando McPherson a viu, e que essa frase era a única por meio da qual ele poderia transmitir-nos uma advertência sobre a criatura que o havia levado à morte.

– Então eu, pelo menos, estou livre – disse Murdoch, levantando-se lentamente. – Há uma ou duas palavras de explicação que eu deveria dar, pois sei para qual direção as suas investigações se encaminharam. É verdade que eu amava essa jovem, mas a partir do dia em que ela escolheu meu amigo McPherson, meu único desejo era ajudá-la a ser feliz. Sentia-me bem em abrir caminho e agir como seu intermediário. Muitas vezes eu levava as suas mensagens, e porque eu era de sua confiança e ela era tão querida para mim é que corri para contar-lhe da morte de meu amigo, temendo que alguém se antecipasse a mim de uma maneira mais abrupta e fria. Ela não lhe contaria de nossas relações, com medo de que o senhor as desaprovasse e eu pudesse sofrer com isso. Mas, com a sua permissão eu tenho de tentar voltar a Gables, pois minha cama será muito bem-vinda.

Stackhurst estendeu a mão.

– Estávamos muito tensos – disse ele. – Perdoe o que é passado, Murdoch. Vamos nos entender melhor no futuro. – Os dois saíram juntos, de braços dados, amigavelmente. O inspetor ficou, mirando-me em silêncio com seus grandes olhos.

– Bom, o senhor conseguiu! – ele exclamou finalmente. – Eu já havia lido sobre o senhor, mas nunca acreditei no que era dito. É maravilhoso!

Fui forçado a balançar a cabeça. Aceitar um elogio como esse era rebaixar o meu próprio nível.

– Fui lento a princípio – repreensivelmente lento. Se o corpo tivesse sido encontrado na água, eu dificilmente teria deixado isso passar. Foi a toalha que me enganou. O pobre rapaz não pensou em secar-se, e desse modo fui levado a acreditar que ele nunca havia entrado na água. Por que, então, o ataque de qualquer criatura aquática se apresentaria como uma possibilidade para mim? Foi aí que me perdi. Bem, bem, muitas vezes me arrisquei a caçoar de vocês, cavalheiros da força policial, mas a *Cyanea capillata* por muito pouco não vingou a Scotland Yard.

A INQUILINA DE ROSTO COBERTO

Quando se considera que o sr. Sherlock Holmes se manteve profissionalmente ativo por 23 anos, e que durante dezessete desses anos me foi permitido cooperar com ele e manter notas de suas atividades, fica claro que tenho uma grande quantidade de material sob minha responsabilidade. O problema nunca foi encontrar, mas escolher. Há a longa série de anuários que lotam uma prateleira, assim como as caixas repletas de documentos, uma fonte de informações perfeita para o estudante não somente do crime, mas também dos escândalos sociais e oficiais da era vitoriana passada. Com relação a esses últimos, devo dizer que os escritores de cartas aflitas, que suplicam que a honra de suas famílias ou a reputação de antepassados famosos não sejam tocadas, não têm nada a temer. A discrição e o alto sentimento de honra profissional que sempre distinguiram meu amigo ainda estão ativos na escolha dessas memórias, e nenhum segredo confiado será traído. Reprovo, no entanto, da forma mais veemente possível, as tentativas que têm sido feitas ultimamente para acessar e destruir esses papéis. A fonte desses ultrajes é conhecida, e se eles se repetirem eu tenho a autorização do sr. Holmes para dizer que a história completa relativa ao político, ao farol e ao corvo marinho treinado será disponibilizada ao público. Há pelo menos um leitor que entenderá.

Não é razoável supor que cada um desses casos tenha dado a Holmes a oportunidade de demonstrar aqueles curiosos talentos de instinto e observação que me empenhei em relatar nestas memórias. Algumas vezes ele teve de colher o fruto com muito esforço, às vezes este caiu facilmente no seu colo. Mas as tragédias humanas mais terríveis estiveram seguidamente envolvidas nesses casos que lhe trouxeram as menores oportunidades pessoais, e é uma dessas que desejo relatar agora. Ao contá-la, fiz uma pequena mudança de nome e lugar, mas os fatos são como estão colocados.

Uma manhã – nos últimos dias de 1896 – recebi uma nota apressada de Holmes pedindo a minha presença. Quando cheguei, encontrei-o sentado em uma atmosfera enfumaçada, com uma mulher idosa, maternal, do tipo rechonchudo de senhoria, na cadeira em frente à dele.

– Essa é a sra. Merrilow, de South Brixton – disse meu amigo, gesticulando com a mão. – A sra. Merrilow não tem objeções ao tabaco, Watson, se você quiser saciar os seus hábitos sujos. A sra. Merrilow tem uma história interessante para contar que poderá muito bem levar a futuros acontecimentos nos quais a sua presença pode ser útil.

– Qualquer coisa que eu possa fazer...

– A senhora compreenderá, sra. Merrilow, que se eu for ver a sra. Ronder, gostaria de ter uma testemunha. E faça-a compreender isso antes de nossa chegada.

– Deus lhe abençoe, sr. Holmes – disse a nossa visitante –, ela está tão ansiosa em vê-lo que o senhor pode trazer toda a paróquia junto!

– Então iremos no início da tarde. Vamos ver se temos os nossos fatos corretos antes de começarmos. Se os recapitularmos, isso irá ajudar o dr. Watson a entender a situação. A senhora disse que a sra. Ronder foi sua inquilina por sete anos e que viu seu rosto apenas uma vez.

— E eu pediria a Deus que não o tivesse visto! — disse a sra. Merrilow.

— Ele é, entendo, terrivelmente mutilado.

— Bom, sr. Holmes, o senhor dificilmente diria que aquilo é um rosto. O nosso leiteiro a viu de relance uma vez espiando da janela de cima e deixou cair o tambo e derramou o leite por todo o jardim. Esse é o rosto de que estou falando. Quando o vi – eu a peguei despercebida –, ela cobriu o rosto rapidamente, e então disse: "Agora, sra. Merrilow, sabe finalmente porque nunca tiro meu véu".

— A senhora sabe qualquer coisa sobre a história dela?

— Absolutamente nada.

— Ela lhe deu referências quando chegou?

— Não, senhor, mas pagou em dinheiro vivo, e bastante. Um trimestre de aluguel adiantado e nenhuma discussão sobre as condições. Nesses tempos difíceis, uma mulher pobre como eu não pode abrir mão de uma chance como essa.

— Ela lhe deu alguma razão para escolher a sua casa?

— A minha casa fica bem longe da estrada e proporciona mais privacidade que a maioria. Além disso, só alugo um quarto e não tenho família. Creio que ela tentou outras e viu que a minha lhe caía melhor. Ela estava em busca de privacidade, e pronta para pagar por ela.

— A senhora disse que ela nunca mostrou o rosto, salvo naquela única ocasião acidental. Bom, trata-se de uma história extraordinária, realmente extraordinária, e eu não me espanto que a senhora queira que ela seja investigada.

— Não quero, sr. Holmes, estou bem satisfeita desde que eu receba meu aluguel. O senhor não conseguiria uma inquilina mais silenciosa, ou que lhe desse menos trabalho.

– Então, o que precipitou as coisas?

– A saúde dela, sr. Holmes. Ela parece estar se consumindo. E há algo terrível em sua mente. "Assassinato!", ela grita. "Assassinato!" E uma vez ela gritou, "Sua besta cruel! Seu monstro!" Era noite, e as palavras ressoaram claras pela casa e me provocaram calafrios. Então eu a procurei pela manhã. – Sra. Ronder – eu disse –, se a senhora tem algo que está perturbando a sua alma, há o clero – eu falei – e a polícia. Entre os dois a senhora deve procurar alguma ajuda. – "Pelo amor de Deus, não a polícia!" – disse ela –, "e o clero não pode mudar o que já passou. Mas de qualquer forma – continuou ela – seria um alívio para a minha mente se alguém soubesse da verdade antes que eu morresse." – Bom – eu disse –, se a senhora não quer aceitar o de costume, existe esse detetive de quem nós lemos a respeito – perdoe-me, sr. Holmes. E ela aceitou a idéia na hora. – "É ele a pessoa – disse ela. – "Eu me pergunto como nunca tive essa idéia antes. Traga-o aqui, sra. Merrilow, e se ele não quiser vir, diga-lhe que eu sou a esposa do Ronder do show de feras. Diga isso e passe para ele o nome Abbas Parva." Aqui está como ela o escreveu, Abbas Parva. – "Isso vai trazê-lo, se ele for o homem que acho que é."

– E vai mesmo – comentou Holmes. – Muito bem, sra. Merrilow. Gostaria de ter uma conversa com o dr. Watson. Isso vai nos levar até a hora do almoço. Em torno das três horas a senhora pode nos esperar em sua casa em Brixton.

Tão logo a nossa visitante deixou o quarto gingando como uma pata – nenhuma outra comparação pode descrever melhor a maneira de se deslocar da sra.

Merrilow –, Sherlock Holmes atirou-se com uma energia arrebatadora sobre uma pilha de livros no canto. Por alguns minutos as folhas farfalharam e, então, com um grunhido de satisfação, ele encontrou o que buscava. Ele estava tão satisfeito que não se levantou, mas sentou-se no chão como um estranho Buda, com as pernas cruzadas, os livros enormes à sua volta e um aberto sobre os joelhos.

– O caso preocupou-me na época, Watson. Aqui estão minhas anotações na margem para prová-lo. Confesso que não consegui chegar a conclusão alguma. E mesmo assim eu estava convencido de que o juiz estava errado. Você não tem lembrança alguma da tragédia de Abbas Parva?

– Nenhuma, Holmes.

– E, no entanto, você estava comigo na época. Mas certamente a minha própria impressão era muito superficial, pois não tinha nada em mãos, e nenhuma das partes havia contratado os meus serviços. Você gostaria de ler os papéis?

– Você não poderia me passar os pontos principais?

– Isso é muito fácil. Eles provavelmente voltarão à sua memória enquanto falo. Ronder, é claro, era um nome muito conhecido. Ele era o rival de Wombwell e de Sanger, os grandes homens de espetáculos de seu tempo. Há evidências, no entanto, de que ele começou a beber, e que tanto ele quanto o seu show estavam em decadência na época da grande tragédia. A caravana havia parado para passar a noite em Abbas Parva, que é um pequeno vilarejo em Berkshire, quando aquele horror ocorreu. Eles estavam a caminho de Wimbledon, viajando pela estrada, e pararam para acampar, e não para promover o show, visto que o lugar é tão pequeno que não valeria a pena exibi-lo.

"Entre as suas atrações eles tinham um belo leão do norte da África. Rei do Sahara era o seu nome, e era hábito, tanto de Ronder quanto de sua esposa, fazer espetáculos dentro da sua jaula. Aqui, veja, é uma fotografia da sua exibição, na qual você pode perceber que Ronder era um tipo enorme e grosseiro e que a sua esposa era uma mulher magnífica. Foi declarado no inquérito que havia sinais de que o leão era perigoso, mas, como sempre, a familiaridade provoca o desdém, e nenhuma atenção foi dada ao fato.

"Era normal para Ronder ou sua esposa alimentarem o leão à noite. Algumas vezes ia um, outras, os dois, mas eles nunca permitiam que qualquer outra pessoa o fizesse, pois acreditavam que, enquanto fossem os portadores da comida, ele os consideraria como benfeitores e nunca os machucaria. Naquela noite em particular, há sete anos, os dois foram, e seguiu-se um acontecimento terrível, sem que os detalhes do evento jamais tenham sido esclarecidos.

"Parece que todo o campo foi acordado próximo à meia-noite pelos rugidos do animal e os gritos da mulher. Os diferentes tratadores de animais e outros empregados correram de suas barracas, carregando lanternas, e uma visão terrível foi revelada com a luz. Ronder estava deitado, com a parte de trás de sua cabeça esmagada e marcas profundas de garras por todo couro cabeludo, a mais ou menos dez metros da jaula, que estava aberta. Próxima à porta da jaula estava a sra. Ronder, deitada de costas, com a criatura sentada e rosnando para ela. O seu rosto estava de tal forma que nunca se pensou que ela pudesse sobreviver. Vários dos homens do circo, liderados por Leonardo, o levantador de pesos, e Griggs, o palhaço, afastaram a criatura com varas, e o leão voltou correndo para a jaula e foi trancado imediatamente. Como ele se soltou foi um mistério. Conjeturou-se que o casal ia entrar na jaula, mas, quando a porta foi destrancada, a criatura saltou sobre eles. Não havia outro ponto de interesse nos depoimentos, salvo que a mulher, em um delírio de agonia, continuou gritando, "Covarde! Covarde!", enquanto era carregada de volta para o carroção em que eles viviam. Levou seis meses para que ela estivesse em condições de testemunhar, mas o inquérito foi mantido com o veredito óbvio de morte por acidente.

– Que alternativa poderia ser concebida? – perguntei.

– Você pode muito bem dizer isso. E no entanto havia dois ou três pontos que preocupavam o jovem Edmunds, da polícia de Berkshire. Um camarada esperto aquele! Ele foi enviado mais tarde para Allahabad. Foi assim que me envolvi no caso, pois ele me visitou e fumamos um cachimbo ou dois conversando sobre o assunto.

– Um homem magro e loiro?

– Exatamente. Tinha certeza de que você logo pegaria o fio da meada.

– Mas o que o preocupava?

– Bom, nós dois estávamos preocupados. Era tão diabolicamente difícil reconstruir o caso. Olhe do ponto de vista do leão. Ele estava solto. E o que faz? Dá meia dúzia de saltos para frente e aproxima-se de Ronder. Ronder vira-se para fugir – as marcas de garras eram na parte de trás da sua cabeça –, mas o leão o derruba. Então, em vez de seguir adiante e escapar, ele volta para a mulher, que estava próxima à jaula, a derruba e estraçalha o seu rosto. Por outro lado, os gritos dela levavam a crer que o seu marido de alguma forma a havia deixado na mão. O que o pobre-diabo poderia ter feito para ajudá-la? Você vê a dificuldade?

— Bastante.

— E, além disso, houve outra coisa. Eu me lembro agora ao recapitular o ocorrido. Há alguma evidência de que, no momento em que o leão rosnava e a mulher gritava, um homem começou a berrar aterrorizado.

— Esse homem era Ronder, não há dúvida.

— Bom, se a cabeça dele estava esmagada, dificilmente ele gritaria de novo. Pelo menos duas testemunhas falaram dos gritos de um homem confundindo-se com os da mulher.

— Creio que todo o acampamento estava gritando nesse momento. Com relação aos outros pontos, acho que poderia sugerir uma solução.

— Eu ficaria feliz em considerá-la.

— Os dois estavam juntos, a dez metros da jaula, quando o leão se soltou. O homem virou-se e foi derrubado. A mulher considerou a idéia de entrar na jaula e fechar a porta. Era o seu único refúgio. Ela conseguiu, e, no momento em que a alcançou, a fera saltou sobre ela e a derrubou. Ela estava brava com o seu marido por ter provocado a raiva da besta ao se virar. Se eles a tivessem enfrentado, poderiam tê-la intimidado. Daí os gritos de "Covarde!".

— Brilhante, Watson! Apenas uma falha em seu diamante.

— Qual é a falha, Holmes?

— Se os dois estavam a dez passos da jaula, como a besta se soltou?

— É possível que eles tivessem algum inimigo que a soltasse?

— E por que ela os atacaria selvagemente quando tinha o hábito de brincar e fazer truques com eles dentro da jaula?

— Possivelmente o mesmo inimigo tivesse feito algo para enfurecê-la.

Holmes parecia pensativo e permaneceu em silêncio por alguns momentos.

— Bom, Watson, há algo mais a ser dito para a sua teoria. Ronder era um homem de muitos inimigos. Edmunds disse-me que ele era terrível quando bebia. Um enorme homem valentão, ele ofendia e importunava todos os que passassem por seu caminho. Suponho que aqueles gritos sobre um monstro, dos quais a nossa visitante falou, eram reminiscências noturnas do querido finado. No entanto, nossas especulações são inúteis até que tenhamos todos os fatos. Há uma perdiz fria sobre o aparador, Watson, e uma garrafa de Montrachet. Vamos renovar as nossas energias antes de visitá-los.

Quando o fiacre nos largou na casa da sra. Merrilow, encontramos aquela senhora roliça bloqueando a porta aberta da sua humilde moradia retirada. Estava muito claro que a sua principal preocupação era não perder uma inquilina valiosa, e ela nos implorou, antes de nos levar para cima, para que não se falasse ou fizesse nada que pudesse conduzir a um fim tão indesejável. Então, depois de acalmá-la, nós a seguimos pela escada mal-acarpetada e fomos introduzidos no quarto da misteriosa inquilina.

Era um lugar fechado, mofado, malventilado, como seria de se esperar, visto que a reclusa raramente o deixava. Por ter mantido bestas em jaulas, a mulher parecia, por algum castigo do destino, ter-se tornado ela mesma uma besta enjaulada. Ela estava sentada em uma poltrona quebrada no canto escuro do quarto. Longos anos de inatividade haviam tornado grosseiras as linhas da sua figura, mas em algum período ela certamente fora bela, e ainda era exuberante e voluptuosa.

Um véu grosso escuro cobria o seu rosto, mas era cortado próximo ao lábio superior, revelando uma boca de formato perfeito e um queixo delicadamente arredondado. Pude conceber com clareza que ela realmente fora uma mulher bastante extraordinária. A sua voz, também, era bem modulada e agradável.

– Meu nome não lhe é estranho, sr. Holmes – disse ela. – Achei que ele o traria aqui.

– Assim é, madame, apesar de eu não saber como a senhora sabia que eu estava interessado em seu caso.

– Fiquei sabendo quando me recuperei do acidente e fui interrogada pelo sr. Edmunds, o detetive do condado. Temo ter mentido para ele. Talvez tivesse sido mais sábio lhe contar a verdade.

– Normalmente, é mais sábio contar a verdade. Mas por que a senhora mentiu para ele?

– Porque o destino de outra pessoa dependia disso. Sei que ele era um ser desprezível, e no entanto eu não gostaria de ter a sua destruição em minha consciência. Nós fomos tão próximos – tão próximos!

– Mas esse impedimento foi removido?

– Sim, senhor. A pessoa de quem falo está morta.

– Então, por que a senhora não conta tudo o que sabe para a polícia, agora?

– Porque há uma outra pessoa a ser considerada. Essa outra pessoa sou eu. Não suportaria o escândalo e a publicidade que viriam de uma investigação policial. Não tenho muito tempo de vida, mas gostaria de morrer sem ser perturbada. E ainda assim eu queria encontrar um homem de bom senso para quem eu pudesse contar a minha terrível história, de modo que quando eu partir tudo possa ser compreendido.

– Aceito isso como um elogio, madame. Ao mesmo tempo, sou uma pessoa responsável. Não lhe prometo que, quando a senhora tiver falado, eu não considere meu dever passar o caso para a polícia.

– Acho que não, sr. Holmes. Conheço o seu caráter e os seus métodos muito bem, pois segui o seu trabalho por alguns anos. A leitura é o único prazer que o destino me deixou, e sinto pouca falta do que se passa no mundo. Mas, de qualquer forma, vou assumir o risco sobre o uso que o senhor possa fazer da minha tragédia. Vai aliviar minha mente contá-la.

– Meu amigo e eu gostaríamos de ouvi-la.

A mulher levantou-se e tirou da gaveta a fotografia de um homem. Ele era evidentemente um acrobata profissional, um homem com um físico magnífico, posando com seus enormes braços cruzados sobre o peito estufado e um sorriso por baixo do seu farto bigode – o sorriso satisfeito de um homem de muitas conquistas.

– Este é Leonardo – ela disse.

– Leonardo, o levantador de pesos, que foi testemunha?

– Ele mesmo. E este – este é o meu marido.

Era um rosto medonho – um porco humano, ou talvez um javali selvagem humano, pois ele era formidável em sua bestialidade. Era fácil alguém imaginar aquela boca vil rilhando os dentes e espumando de raiva, e aqueles olhos pequenos e maus lançando hostilidade ao observar o mundo. Malfeitor, valentão, besta – tudo estava escrito sobre aquele rosto com uma queixada pesada.

– Essas duas fotos vão ajudá-los, cavalheiros, a entender a história. Eu era uma garota pobre de circo criada sobre a serragem e fazia saltos nas argolas antes dos dez anos. Quando me tornei uma mulher, esse homem me amou, se é que um desejo sensual como aquele pode ser chamado de amor, e em um maldito momento tornei-me sua esposa. Daquele dia em diante passei a viver no inferno, e ele era o diabo que me atormentava. Não havia ninguém no show que não soubesse a forma como ele me tratava. Ele me abandonava por outras. Ele me amarrava e batia com o seu chicote de montaria quando eu reclamava. Todos tinham pena de mim e o detestavam, mas o que poderiam fazer? Eles o temiam, todos eles. Pois ele era terrível, especialmente quando estava bêbado. Repetidas vezes era preso por agressões e por crueldade com os animais, mas tinha bastante dinheiro e as multas não eram nada para ele. Todos os melhores homens nos deixaram, e o show começou a entrar em decadência. Somente Leonardo e eu o sustentávamos – com o pequeno Jimmy Griggs, o palhaço. Pobre-diabo, ele não era muito engraçado, mas fazia o que podia para manter as coisas de pé.

"Então Leonardo entrou cada vez mais em minha vida. O senhor vê como ele era. Agora sei a pobreza de espírito que estava escondida naquele corpo esplêndido, mas, comparado ao meu marido, ele era o anjo Gabriel. Ele tinha pena de mim e me ajudou, até que a nossa intimidade transformou-se em amor – um amor apaixonado, profundo –, do tipo que eu sempre sonhara, mas nunca tivera a esperança de sentir. Meu marido suspeitava, mas acredito que ele era um covarde assim como um valentão, e Leonardo era o único homem de quem ele tinha medo. Ele se vingava do seu jeito, torturando-me mais do que nunca. Uma noite, meus gritos trouxeram Leonardo para a porta do carroção. Estávamos próximos de uma tragédia naquela noite, e logo o meu amante e eu entendemos que isso não poderia ser evitado. Meu marido não merecia viver. Planejamos a morte dele.

"Leonardo tinha um cérebro engenhoso e inventivo. Foi ele quem planejou a morte do meu marido. Não digo isso para culpá-lo, pois eu estava pronta para segui-lo cada passo do caminho. Mas eu nunca teria a perspicácia para pensar em algo assim. Fizemos um porrete e, na ponta de chumbo, ele amarrou cinco garras de aço, as pontas para fora, com a mesma amplitude que a pata de um leão. Isso era para dar o golpe de morte no meu marido e deixar a evidência de que fora o leão, que nós soltaríamos, que havia feito aquilo.

"Era uma noite muito escura quando meu marido e eu descemos, como era o nosso costume, para alimentar a besta. Carregamos conosco a carne crua em um balde de zinco. Leonardo estava esperando no canto do grande carroção pelo qual nós tínhamos que passar antes de alcançar a jaula. Ele agiu devagar demais, e passamos por ele antes que pudesse atacar, mas ele nos seguiu na ponta dos pés, e eu ouvi o impacto quando o porrete esmagou o crânio do meu marido. Meu coração dava saltos de alegria com o som. Corri adiante e destranquei o cadeado que segurava a porta da grande jaula do leão.

"E então aconteceu o fato terrível. O senhor já deve ter ouvido falar do quão rápido essas criaturas farejam o sangue humano, e como isso a excita. Algum estranho instinto havia dito para a criatura que um ser humano havia sido morto. Quando destranquei as barras, ele pulou para fora e em um instante estava sobre mim. Leonardo poderia ter me salvo. Se ele tivesse se lançado para frente e acertado a besta com o porrete, poderia tê-la intimidado. Mas o homem perdeu o controle. Eu o ouvi gritar de terror, e então ele se virou e sumiu. No mesmo instante, os dentes do leão encontraram meu rosto. O seu hálito quente, imundo, já havia me derrubado e eu quase não sentia dor. Com as palmas das minhas mãos tentei empurrar as enormes mandíbulas manchadas de sangue para longe de mim e gritei por ajuda. Eu estava consciente de que o acampamento estava agitado, e então me lembro vagamente de um grupo de homens, Leonardo, Griggs e outros, me arrastando para longe das garras da criatura. Essa foi a minha última lembrança, sr. Holmes, por um mês longo e deprimente. Quando recobrei a consciência e me vi no espelho, amaldiçoei o leão – oh, como eu o amaldiçoei! –, não por ele ter me arrancado a beleza, mas por ele não ter arrancado minha vida. Eu tinha apenas um desejo, sr. Holmes, e tinha dinheiro suficiente para satisfazê-lo. Esse desejo era o de cobrir-me de maneira que o meu pobre rosto não pudesse ser visto por ninguém e ir viver onde ninguém que eu tivesse conhecido pudesse me encontrar. Isso era tudo que me restara para fazer – e foi isso que fiz. Uma pobre besta ferida que se arrastou para sua toca para morrer – esse é o fim de Eugenia Ronder."

Ficamos em silêncio por algum tempo após a mulher infeliz ter contado a sua história. Então Holmes esticou o seu longo braço e acariciou a sua mão com uma demonstração de simpatia que eu raramente o havia visto exibir.

– Pobre garota! – disse ele. – Pobre garota! Os caminhos do destino são realmente difíceis de se compreender. Se não houver alguma compensação futura, então o mundo é uma zombaria cruel. Mas e esse homem, Leonardo?

– Nunca mais o vi nem recebi notícias dele. Talvez eu estivesse errada em sentir-me tão amarga em relação a ele. Ele poderia mais facilmente ter amado um dos monstros que levávamos pelo país do que a coisa que o leão havia deixado. Mas o amor de uma mulher não é tão facilmente colocado de lado. Ele havia me deixado sob as garras da besta, havia me deixado quando eu precisava de ajuda, e mesmo assim eu não consegui entregá-lo para a forca. Com relação a mim, não me importava nem um pouco com o que viesse a acontecer. O que poderia ser mais pavoroso do que a minha vida real? Mas fiquei entre Leonardo e o seu destino.

– E ele está morto?

– Ele se afogou mês passado quando tomava banho perto de Margate. Li sobre a sua morte no jornal.

– E o que ele fez com o porrete de cinco garras, que é a parte mais singular e engenhosa de toda a sua história?

– Não sei dizer, sr. Holmes. Há uma pedreira com um poço verde profundo na sua base. Talvez nas profundezas desse poço...

– Bem, bem, isso tem pouca importância agora. O caso está encerrado.

– Sim – disse a mulher –, o caso está encerrado.

Tínhamos nos levantado para ir embora, mas algo na voz da mulher deteve a atenção de Holmes. Ele se voltou prontamente para ela.

– A sua vida não lhe pertence – disse ele. – Mantenha suas mãos longe dela.

– Que uso ela tem para qualquer pessoa?

– Como a senhora pode dizer isso? O exemplo do sofrimento paciente é em si a mais preciosa de todas as lições para um mundo impaciente.

A resposta da mulher foi terrível. Ela levantou o véu e caminhou até a luz.

– Eu me pergunto se o senhor suportaria isso – disse ela.

Era horrível. Não há palavras para descrever os traços de um rosto quando o rosto em si não existe mais. Dois olhos castanhos vívidos e belos mirando tristemente naquela ruína medonha. Holmes ergueu a mão em um gesto de pena e protesto, e juntos deixamos o quarto.

Dois dias mais tarde, quando visitei meu amigo, ele apontou com algum orgulho para uma pequena garrafa azul sobre o consolo de sua lareira. Peguei-a. Havia um rótulo vermelho de veneno. Ao abri-la, desprendeu-se uma fragrância agradável de amêndoa.
– Ácido prússico? – eu disse.
– Exatamente. Veio pelo correio. "Estou lhe enviando a minha tentação. Vou seguir seu conselho." Essa era a mensagem. Creio, Watson, que podemos adivinhar o nome da brava mulher que o enviou.

O velho solar de Shoscombe

Sherlock Holmes estava há bastante tempo inclinado sobre um microscópio de baixa definição. Então se endireitou e olhou para mim triunfante.

– É cola, Watson – ele disse. – Inquestionavelmente é cola. Olhe para esses objetos espalhados no campo!

Inclinei-me até o ocular e busquei o foco para minha visão.

– Aqueles fios são fibras de um casaco de casimira. As massas irregulares cinzentas são pó. À esquerda há escamas epiteliais. Aquelas gotas marrons no centro são certamente cola.

– Bom – disse eu, rindo –, estou preparado para confiar na sua palavra. Alguma coisa depende disso?

– Trata-se de uma demonstração muito boa – respondeu ele. – No caso St. Pancras, você deve lembrar-se de que um gorro foi achado ao lado do policial morto. O homem acusado nega que seja dele. Mas ele é um moldureiro que habitualmente trabalha com cola.

– É um dos seus casos?

– Não, meu amigo, Merivale, da Scotland Yard, pediu-me para dar uma olhada no caso. Desde que peguei aquele falsificador de moedas por causa das limalhas de zinco e cobre encontradas nas costuras dos punhos de sua camisa, eles começaram a se dar conta da importância do microscópio. – Ele olhou impaciente para o relógio. – Eu tinha uma consulta com um novo cliente, mas ele está atrasado. Aliás, Watson, você sabe alguma coisa sobre corridas de cavalos?

— Eu *tenho* de saber. Gasto nelas quase metade da minha pensão de veterano ferido.

— Então vou torná-lo meu "Guia Prático do Turfista". E *sir* Robert Norberton? O nome lhe lembra alguma coisa?

— Bom, devo dizer que sim. Ele vive no velho solar de Shoscombe, e conheço bem o lugar, pois passei os meses de verão lá, em uma oportunidade. Norberton quase veio parar em suas mãos uma vez.

— Como foi isso?

— Foi quando ele bateu com o chicote de montaria em Sam Brewer, o conhecido agiota da rua Curzon, em Newmarket Heath. Ele quase matou o homem.

— Ah, isso me parece interessante! Ele é dado a isso seguidamente?

— Bom, ele tem a fama de ser um homem perigoso. É um dos mais audaciosos jóqueis da Inglaterra – segundo lugar no Grande Prêmio Nacional alguns anos atrás. É um desses homens que superou sua verdadeira geração. Na época da Regência, deve ter sido um touro de forte – um boxeador, um atleta, um jogador inveterado no turfe, um amante de belas mulheres e, segundo todos dizem, tão endividado que talvez nunca mais consiga se recuperar.

— Excelente, Watson. Uma descrição resumida. Eu pareço conhecer o homem. Agora, você pode me dar alguma idéia do velho solar de Shoscombe?

— Apenas que ele fica no centro de Shoscombe Park, e que os famosos campos de treinamento e criação de cavalos de Shoscombe estão ali.

— E o treinador-chefe – disse Holmes – é John Mason. Você não precisa ficar surpreso com o meu conhecimento, Watson, pois esta é uma carta dele que estou abrindo. Mas vamos falar mais sobre Shoscombe. Acho que encontrei uma pista importante.

— Há os perdigueiros de Shoscombe – eu disse. – Você ouve falar deles em todas as exposições de cães. A raça mais exclusiva na Inglaterra. São o orgulho da senhora do velho solar de Shoscombe.

— A esposa de *sir* Robert Norberton, presumo!

— *Sir* Robert nunca se casou. Melhor assim, creio, considerando as perspectivas dele. Ele vive com a sua irmã viúva, Lady Beatrice Falder.

— Você quer dizer que ela vive com ele?

— Não, não. O lugar pertencia ao seu falecido marido, *sir* James. Norberton não tem direito algum a ele. É apenas um usufruto vitalício e retornará para o irmão do marido dela. Enquanto isso, ela recebe as rendas todos os anos.

— E o irmão Robert, suponho, gasta as ditas rendas?

— Isso é mais ou menos o que acontece. Ele é um camarada endiabrado e deve dificultar muito a vida dela. No entanto, ouvi dizer que ela é dedicada a ele. Mas qual o problema em Shoscombe?

— Ah, isso é justamente o que eu quero saber. E agora, espero, chegou o homem que pode nos contar essa história.

A porta abriu-se e o criado introduziu um homem alto, bem-barbeado, com a expressão firme e austera que é vista apenas naqueles que têm de comandar cavalos ou garotos. O sr. John Mason tinha muito dos dois sob o seu controle, e parecia à altura da tarefa. Ele se inclinou com um frio autodomínio e sentou na cadeira que Holmes havia indicado.

— O senhor recebeu o meu bilhete, sr. Holmes?

— Sim, mas ele não explicou nada.

— Era um assunto muito delicado para eu colocar os detalhes no papel. E muito complicado. Somente face a face eu poderia fazê-lo.

– Bom, estamos à sua disposição.

– Em primeiro lugar, sr. Holmes, acredito que o meu patrão, *sir* Robert, enlouqueceu.

Holmes ergueu as sobrancelhas.

– Estamos em Baker Street, não na rua Harley* – ele disse. – Mas por que o senhor diz isso?

– Bom, senhor, quando um homem faz uma coisa estranha, ou duas coisas estranhas, pode haver um sentido para isso, mas quando tudo o que ele faz é estranho, então você começa a se perguntar. Acredito que o Príncipe de Shoscombe e o Grande Prêmio viraram a sua cabeça.

– É um cavalo que o senhor está treinando?

– O melhor na Inglaterra, sr. Holmes. E, se alguém o sabe, essa pessoa sou eu. Agora, vou direto ao ponto, pois sei que o senhor é um cavalheiro honrado e que esse assunto não vai sair desta sala. Ele está afundado em dívidas, e esta é a sua última chance. Tudo o que ele conseguiu ou tomou emprestado está no cavalo – e com boas chances também! Pode conseguir-se por quarenta agora, mas quando ele começou a apostar nele estava próximo dos cem.

– Mas como é isso, se o cavalo é tão bom?

– O público não sabe quão bom ele é. *Sir* Robert tem sido muito esperto com os olheiros. Ele sai com o meio-irmão do Príncipe para dar voltas. Você não consegue distingui-los. Mas quando galopam, ao final de duzentos metros há uma diferença de dois corpos entre eles. Ele não pensa em nada a não ser no cavalo e na corrida. Toda a sua vida está nisso. Até lá ele está mantendo os agiotas a distância. Se o Príncipe lhe deixar na mão, ele está acabado.

---

* Rua londrina que concentrava grande número de clínicas e instituições médicas. (N. do E.)

— Parece uma aposta bastante desesperada, mas onde entra a loucura?

— Bom, em primeiro lugar, basta olhar para ele. Não acredito que ele durma de noite. Ele está nos estábulos o tempo inteiro. Tudo isso tem sido demais para os seus nervos. E, além disso, há a sua conduta em relação a Lady Beatrice!

— Ah! E o que é acontece?

— Eles sempre foram os melhores amigos. Tinham os mesmos gostos, e ela amava os cavalos tanto quanto ele. Todos os dias na mesma hora ela ia vê-los – e ela amava o Príncipe mais do que todos. Ele levantava as suas orelhas quando ouvia as rodas nos cascalhos, e trotava para fora cada manhã até o coche para ganhar o seu torrão de açúcar. Mas isso tudo terminou agora.

— Por quê?

— Bom, ela parece ter perdido todo o interesse pelos cavalos. Faz uma semana que ela passa pelos estábulos sem nem dizer um bom-dia.

— O senhor acha que houve uma briga?

— E uma briga amarga, cruel e rancorosa. Por que outra razão ele daria o seu perdigueiro de estimação, que ela amava como se fosse o seu filho? Ele o deu alguns dias atrás para o velho Barnes, que mantém o Green Dragon, a cerca de cinco quilômetros, em Crendall.

— Isso certamente parece estranho.

— É claro, com o seu coração fraco e a hidropisia não se poderia esperar que ela o acompanhasse por aí, porém ele passava duas horas todas as tardes em seu quarto. Ele estava certo em fazer o possível, pois ela sempre foi uma ótima amiga para ele. Mas tudo isso acabou também. Ele nunca se aproxima dela. E ela sente muito isso. Ela fica se remoendo, mal-humorada, e bebendo, sr. Holmes – bebendo como uma esponja.

— Ela bebia antes dessa desavença?

— Bom, ela tomava um cálice, mas agora muitas vezes é uma garrafa inteira em um dia. Assim me contou Stephens, o mordomo. Tudo mudou, sr. Holmes, e há algo terrivelmente podre relacionado a isso. Por outro lado, o que o chefe faz na cripta da velha igreja à noite? E quem é o homem que o encontra lá?

Holmes esfregou as mãos.

— Prossiga, sr. Mason. Está ficando cada vez mais interessante.

— Foi o mordomo que o viu indo para lá. Era meia-noite e chovia forte. Então, na noite seguinte, eu estava acordado em casa e o chefe saiu de novo. Stephens e eu o seguimos, mas foi uma tarefa difícil, pois seria um péssimo negócio se ele nos visse. Se provocado, ele é um homem terrível, e não respeita ninguém. Nós tínhamos medo de chegar muito perto, mas conseguimos segui-lo. Era para a cripta amaldiçoada que ele estava indo, e havia um homem esperando por ele lá.

— O que é essa cripta amaldiçoada?

— Bom, senhor, há uma capela velha e arruinada no parque. Ela é tão velha que ninguém sabe precisar a sua data. E embaixo dela há uma cripta que goza de má fama entre nós. É um lugar escuro, úmido e abandonado durante o dia, e poucas pessoas no condado teriam a coragem de chegar perto dela à noite. Mas o chefe não tem medo. Ele nunca temeu nada em sua vida. E o que ele está fazendo lá de noite?

— Espere um pouco! — disse Holmes. — O senhor disse que havia um outro homem lá. Deve ser um dos seus cavalariços, ou alguém da casa! Certamente o senhor só precisa encontrá-lo e interrogá-lo?

— Não é ninguém que eu conheça.

— Como o senhor pode dizer isso?

— Porque eu o vi, sr. Holmes. Foi naquela segunda noite. *Sir* Robert passou por nós – Stephens e eu, pulando entre os arbustos como dois coelhinhos trêmulos, pois havia um pouco de luar naquela noite. Mas conseguimos ouvir o outro vindo atrás. Não tínhamos medo dele. Então nos levantamos quando *sir* Robert tinha ido embora e fingimos que estávamos apenas dando uma caminhada sob a luz do luar, e daí nos deparamos com ele da forma mais inocente e casual. "Olá, camarada! Quem é você?", eu disse. Acho que ele não nos ouviu chegar, então olhou sobre o ombro com a expressão de quem tinha visto o diabo saindo do inferno. Deixou escapar um berro e lá se foi o mais rápido que pôde, sumindo na escuridão. Ele sabia correr! – isso eu tenho que admitir. Em um minuto estava fora de vista e não podia mais ser ouvido, e quem era ele, ou o que representava, nós não descobrimos.

— Mas o senhor o viu claramente sob a luz do luar?

— Sim, reconheceria sua cara desconfiada – um cão ruim, eu diria. O que ele teria em comum com *sir* Robert?

Holmes parou por um instante, perdido em pensamentos.

— Quem faz companhia para Lady Beatrice Falder? – perguntou ele, finalmente.

— Tem a sua empregada, Carrie Evans, que está com ela cinco anos.

— E é, sem dúvida, dedicada?

O sr. Mason ajeitou-se desconfortável.

— Ela é razoavelmente dedicada – respondeu ele. – Mas não saberia dizer a quem.

— Ah! – disse Holmes.

— Não gostaria de ser indiscreto.

— Entendo, sr. Mason. É claro, a situação é suficientemente clara. Pela descrição de *sir* Robert feita por Watson, posso compreender que nenhuma mulher está a salvo dele. O senhor não acredita que o motivo da briga entre irmão e irmã possa estar aí?

– Bom, o escândalo é bem conhecido há bastante tempo.

– Mas ela pode não tê-lo notado antes. Vamos supor que descobriu de repente. Ela quer livrar-se da mulher. O irmão não vai permitir. A inválida, com o seu coração fraco e incapaz de se mover, não tem os meios de fazer valer sua vontade. A criada odiada ainda está presa a ela. A senhora recusa-se a falar, fica se remoendo e começa a beber. *Sir* Robert, com raiva, tira dela o seu perdigueiro de estimação. Isso tudo não faz sentido?

– Bom, pode fazer – pelo menos até aqui.

– Exatamente! Pelo menos até aqui. Qual a relação disso tudo com as visitas noturnas à velha cripta? Nós não conseguimos encaixar isso no nosso esquema.

– Não, senhor, e há algo mais que eu não consigo encaixar. Por que *sir* Robert desenterraria um cadáver?

Holmes endireitou-se abruptamente.

– Só descobrimos ontem – após eu ter escrito para o senhor. Ontem, *sir* Robert foi para Londres, então Stephens e eu fomos até a cripta. Tudo estava em ordem, senhor, exceto que em um canto encontramos uma parte de um corpo humano.

– Suponho que o senhor tenha informado à polícia?

O nosso visitante sorriu, contrariado.

– Bom, senhor, creio que isso dificilmente os interessaria. Era apenas a cabeça e alguns ossos de uma múmia. Ela talvez tivesse mil anos. Isso eu lhe juro, e também Stephens. Ela foi guardada em um canto e coberta com uma tábua, mas aquele canto sempre esteve vazio antes.

– O que o senhor fez com ela?

– Bom, só a deixamos lá.

– Isso foi inteligente. Você disse que *sir* Robert esteve fora ontem. Ele já voltou?

– Nós o esperamos de volta hoje.

– Quando *sir* Robert deu o cão da sua irmã?

– Hoje faz uma semana. O animal estava uivando junto da velha casa da caixa d'água, e *sir* Robert estava em um de seus acessos de cólera naquela manhã. Ele o pegou e eu pensei que iria matá-lo. Então ele passou o cão para Sandy Bay, o jóquei, e disse para levá-lo para o velho Barnes no Green Dragon, pois nunca mais queria vê-lo.

Holmes refletiu em silêncio por um tempo. Ele havia acendido um dos seus cachimbos mais velhos e sujos.

– Ainda não tenho certeza do que o senhor quer que eu faça neste caso, sr. Mason – disse ele finalmente. – O senhor não pode ser mais claro?

– Talvez isso possa esclarecer as coisas, sr. Holmes – disse o nosso visitante.

Ele tirou um papel do bolso e, desembrulhando-o cuidadosamente, expôs um fragmento carbonizado de osso.

Holmes examinou-o com interesse.

– Onde o conseguiu?

– Há uma fornalha de aquecimento central no porão abaixo do quarto de Lady Beatrice. Ela estava sem uso havia algum tempo, mas *sir* Robert reclamou do frio e colocou-a em funcionamento. Harvey é quem cuida dela – ele é um dos meus homens. Na mesma manhã, ele veio a mim e entregou-me isso, que encontrou quando estava limpando as cinzas. Ele não gostou da sua aparência.

— Tampouco eu — disse Holmes. — O que você me diz disso, Watson?

O osso estava queimado a ponto de parecer um carvão, mas não havia dúvida quanto ao seu significado anatômico.

— Trata-se do côndilo superior de um fêmur humano — eu disse.

— Precisamente! — Holmes estava muito sério agora. — A que horas esse camarada cuida da fornalha?

— Ele a limpa todas as manhãs e depois vai embora.

— Então qualquer um poderia visitá-la durante a noite?

— Sim, senhor.

— O senhor pode entrar nela por fora?

— Há uma porta que dá para a rua e uma outra que leva por uma escada para o corredor no qual está situado o quarto de Lady Beatrice.

— Essas são águas profundas, sr. Mason; profundas e um tanto sujas. O senhor disse que *sir* Robert não estava em casa ontem à noite?

— Sim, senhor.

— Então seja quem for que estava queimando ossos, não era ele.

— Isso é verdade, senhor.

— Qual o nome da estalagem de que o senhor falou?

— O Green Dragon?

— A pescaria é boa naquela parte de Berkshire?

A expressão do honesto treinador deixou claro que ele estava convencido de que mais um lunático havia entrado em sua atormentada vida.

— Bom, senhor, ouvi dizer que há trutas no córrego do moinho e lúcios no lago Hall.

— Isso já nos basta. Watson e eu somos pescadores famosos. Não somos, Watson? O senhor pode nos procurar no Green Dragon em breve. Nós devemos chegar lá hoje à noite. Não preciso dizer que não queremos vê-lo, sr. Mason, mas uma nota poderá chegar às nossas mãos, e sem dúvida posso encontrá-lo quando o senhor quiser. Quando tivermos avançado um pouco mais no caso, vou lhe dar uma opinião ponderada.

E foi assim que, em uma noite clara de maio, Holmes e eu nos vimos a sós em um vagão de primeira classe com destino à pequena estação com "parada a pedido" de Shoscombe. O compartimento para malas sobre nós estava coberto de caniços, carretilhas e cestos. Ao chegarmos ao nosso destino, um curto passeio levou-nos a uma taverna antiquada, onde um anfitrião bem-humorado, Josiah Barnes, participou animadamente dos nossos planos para extirpar os peixes da região.

— E o lago Hall e nossas chances de pescar um lúcio? – disse Holmes.

O rosto do albergueiro fechou-se.

— Isso não seria possível, senhor. O senhor pode ver-se dentro do lago antes de tê-lo atravessado.

— E por quê?

— Trata-se de *sir* Robert, senhor. Ele é terrivelmente cioso de olheiros. Se dois estranhos como os senhores se aproximassem do seu campo de treinamentos, ele certamente os perseguiria. Ele não dá chance alguma para o azar, não dá mesmo.

— Ouvi dizer que ele tem um cavalo que vai correr o Grande Prêmio.

— Sim, e é um animal muito bom. Apostamos todo o nosso dinheiro para a corrida, e todo o dinheiro de *sir* Robert na pechincha. Aliás – ele se voltou para nós com um olhar pensativo –, suponho que os senhores não se interessam pelo turfe, não?

– Não, de forma alguma. Somos apenas dois londrinos cansados que precisam realmente de um pouco do bom ar de Berkshire.

– Bom, então os senhores estão no lugar certo. O ar daqui é muito bom. Mas não esqueçam o que lhes contei de *sir* Robert. Ele é o tipo de homem que bate primeiro e pergunta depois. Mantenham-se longe do parque.

– Com certeza, sr. Barnes! Nós certamente assim faremos. Aliás, muito bonito aquele perdigueiro que estava choramingando na entrada.

– Concordo. Essa é a verdadeira raça de Shoscombe. Não há melhor na Inglaterra.

– Eu gosto de cães – disse Holmes. – Agora, se cabe fazer essa pergunta, quanto custaria um cão de raça como esse?

– Mais do que eu poderia pagar, senhor. Foi *sir* Robert que me deu esse aí. Por isso que o mantenho na correia. Se o soltasse, ele se mandaria na hora para o lago Hall.

– Estamos com algumas cartas em nossas mãos, Watson – disse Holmes, quando o proprietário saiu. – Não é uma mão fácil de se jogar, mas vamos encontrar o nosso caminho em um ou dois dias. Aliás, *sir* Robert ainda está em Londres, segundo consta. Nós podemos, talvez, entrar no seu domínio sagrado hoje à noite sem temer uma agressão física. Há um ou dois pontos sobre os quais eu gostaria de me reassegurar.

– Você tem alguma teoria, Holmes?

– Apenas isso, Watson, que algo aconteceu em torno de uma semana atrás que causou um forte impacto na vida diária de Shoscombe. E o que foi que aconteceu? Só podemos supor a partir dos seus efeitos. Eles parecem ser de uma natureza curiosamente mista. Mas isso com certeza deve nos ajudar. É apenas no caso monótono e sem cor que não há esperança. Vamos considerar os nossos dados. O irmão não visita mais a querida irmã inválida. Ele se desfaz do seu cão favorito. O cão dela, Watson! Isso não lhe sugere nada?

— Nada além do rancor do irmão.

— Bom, pode ser. Ou... bom, há uma alternativa. Agora, continuaremos a nossa análise da situação a partir do momento em que a briga, se é que houve uma briga, começou. A irmã não deixa o quarto, altera os seus hábitos, não é vista a não ser quando sai com a empregada, recusa-se a parar nos estábulos para saudar o seu cavalo favorito e aparentemente começa a beber. Isso cobre o caso, não é?

— Salvo o negócio na cripta.

— Essa é outra linha de pensamento. Há duas, e eu lhe rogo para não misturá-las. A linha A, que diz respeito à Lady Beatrice, tem um quê vagamente sinistro, não é?

— Não consigo supor nada a partir disso.

— Bom, agora vamos seguir a linha B, que diz respeito a *sir* Robert. Ele está disposto a ganhar o Grande Prêmio de qualquer jeito. Ele está nas mãos de agiotas e pode a qualquer momento ter de vender seus bens e ver os seus estábulos de corrida tomados pelos credores. Ele é um homem destemido e desesperado. Ele vive da renda de sua irmã. A criada da irmã é manipulada por ele. Até esse ponto nós parecemos estar em terreno bastante seguro, não é?

— Mas e·a cripta?

— Ah, sim, a cripta! Vamos supor, Watson — trata-se apenas de uma suposição escandalosa, uma hipótese colocada meramente pelo bem do argumento – que *sir* Robert livrou-se de sua irmã.

– Meu caro Holmes, isso está fora de questão.

– É possível, Watson. *Sir* Robert é um homem de origem honrada. Mas ocasionalmente você encontra um abutre entre águias. Entretanto, vamos por um momento argumentar sobre essa suposição. Ele não poderia deixar o país até conseguir a sua fortuna, e essa fortuna só poderia ser conseguida por meio do golpe com o Príncipe de Shoscombe. Portanto, ele tem de permanecer onde está. Para isso, teria de se livrar do corpo de sua vítima, e também encontrar uma substituta para representar o seu papel. Com a criada como sua confidente, isso não seria impossível. O corpo da mulher poderia ser transportado até a cripta, que é um lugar tão raramente visitado, e destruído secretamente à noite na fornalha, deixando para trás uma evidência como a que já vimos. O que você diz disso, Watson?

– Bom, tudo é possível se você leva em consideração a monstruosa suposição original.

– Creio que há um pequeno experimento que nós deveríamos tentar amanhã, Watson, a fim de jogar alguma luz sobre o caso. Enquanto isso, se quisermos sustentar os nossos papéis, sugiro convidar o nosso anfitrião para um cálice do seu próprio vinho e ter alguma conversação de alto nível sobre enguias e mugens, o que parece ser o caminho certo para cativá-lo. Podemos ficar sabendo de algumas fofocas locais úteis no processo.

Na manhã seguinte, Holmes percebeu que tínhamos vindo sem a nossa isca especial para salmões, fato que nos absolveu de pescar durante o dia. Em torno das onze horas, saímos para uma caminhada, e ele conseguiu a permissão para levar o perdigueiro negro conosco.

– Este é o lugar – ele disse, quando chegamos a dois portões altos do parque encimados com grifos heráldicos. – Em torno do meio-dia, o sr. Barnes informou-me, a velha senhora sai para um passeio, e a carruagem tem de reduzir a marcha enquanto os portões são abertos. Quando ela passar, e antes que retome a sua velocidade, quero que você, Watson, pare o cocheiro com alguma pergunta. Não se importe comigo. Estarei atrás desse arbusto de azevinho e tentarei ver o que der.

Não foi uma longa vigília. Em quinze minutos vimos o grande landau aberto amarelo vindo da longa alameda, com dois esplêndidos cavalos de tração cinzentos e de passadas largas presos aos varais. Holmes agachou-se atrás do seu arbusto com o cão. Eu parei balançando uma bengala, despreocupado, no meio do caminho. Um guarda correu para fora e os portões abriram-se.

A carruagem tinha diminuído a marcha, e consegui olhar bem para os ocupantes. Uma jovem exageradamente maquiada, com cabelos louros claros e olhos insolentes, sentava-se à esquerda. À sua direita havia uma pessoa idosa com as costas encurvadas e um monte de xales sobre o rosto e os ombros que anunciavam a inválida. Quando os cavalos chegaram à estrada, ergui a mão com um gesto imperioso e, no momento em que o cocheiro encostou o veículo, perguntei se *sir* Robert estava no velho solar de Shoscombe.

No mesmo instante, Holmes deu um passo à frente e soltou o perdigueiro. Com um grito de alegria ele se lançou em direção à carruagem e saltou sobre o estribo. Então, no momento seguinte, a sua ávida saudação transformou-se em raiva furiosa, e o cão deu uma mordida na aba preta sobre o estribo.

– Toque adiante! Toque adiante! – gritou estridente uma voz ríspida. O cocheiro fustigou os cavalos, e nós ficamos parados na estrada.

– Bom, Watson, essa valeu a pena – disse Holmes, enquanto prendia a coleira ao pescoço do agitado perdigueiro. – Ele pensou que era a sua dona e deu-se conta de que era uma estranha. Cães não cometem erros.

– Mas era a voz de um homem! – exclamei.

– Exatamente! Nós acrescentamos uma carta para a nossa jogada, Watson, mas ela precisa ser usada com cuidado.

Meu companheiro parecia não ter mais planos para o dia, e usamos nosso equipamento de pescaria no córrego do moinho, o que resultou em um prato de truta para a janta. Somente após a refeição é que Holmes demonstrou sinais de renovado vigor. Mais uma vez nos vimos na mesma estrada da manhã, que nos levou aos portões do parque. Uma figura alta e escura estava nos esperando e era o nosso conhecido de Londres, sr. John Mason, o treinador.

– Boa noite, cavalheiros – ele disse. – Recebi a sua nota, sr. Holmes. *Sir* Robert ainda não voltou, mas fiquei sabendo que é esperado hoje à noite.

– Qual a distância da casa até a cripta? – perguntou Holmes.

– Uns bons quatrocentos metros.

– Então creio que nós podemos esquecê-lo completamente.

– Não posso fazer isso sr. Holmes. No momento em que ele chegar, vai querer me ver para saber das últimas notícias do Príncipe de Shoscombe.

– Compreendo! Nesse caso, temos de trabalhar

sem a sua companhia, sr. Mason. O senhor pode nos mostrar a cripta e então nos deixar.

Estava muito escuro e sem luar, mas Mason nos levou pelo pasto até que surgiu à nossa frente uma massa escura que veio a ser a antiga capela. Entramos pela ruína que outrora fora o pórtico, e o nosso guia, tropeçando entre pedaços de alvenaria solta, chegou até o canto da construção, onde uma escada íngreme descia até a cripta. Acendendo um fósforo, ele iluminou o lugar melancólico, sinistro e malcheiroso, com velhas paredes de pedra talhada tosca caindo aos pedaços e pilhas de ataúdes, alguns de chumbo e outros de pedra, estendendo-se para um lado até chegar ao teto abobadado e com arestas que se perdia nas sombras acima das nossas cabeças. Holmes tinha acendido sua lanterna, que lançou um pequeno feixe de luz amarela sobre a cena fúnebre. Os raios refletiram devido às placas dos ataúdes, muitas das quais adornadas com o grifo e a coroa dessa antiga família que levava sua honra até ao portão da morte.

– O senhor falou de uns ossos, sr. Mason. Poderia mostrá-los antes de ir?

– Eles estão neste canto. – O treinador atravessou o recinto e então parou surpreso e em silêncio quando o foco de luz iluminou o lugar. – Não estão mais aqui – ele disse.

– Assim eu esperava – disse Holmes, esboçando um riso. – Creio que as cinzas deles podem ser encontradas agora naquela fornalha, que já consumiu uma parte.

– Mas por que razão neste mundo uma pessoa iria querer queimar os ossos de um homem que está morto há mil anos? – perguntou John Mason.

– Isso é o que estamos aqui para descobrir – disse Holmes. – Pode significar uma longa busca, e não é necessário que fique aqui. Creio que chegaremos a uma solução antes do raiar do dia.

Quando John Mason nos deixou, Holmes começou a trabalhar, examinando com todo o cuidado as sepulturas, desde uma muito antiga, que parecia ser de um saxão, no centro, passando por uma longa linha de hugos e odos normandos, até que chegamos a *sir* William e *sir* Denis Falder, do século 18. Levou uma hora ou mais até que Holmes topou com um ataúde de chumbo antes da entrada da câmara. Ouvi o seu pequeno grito de satisfação, e sabia, a partir dos seus movimentos apressados mas intencionais, que ele havia alcançado um objetivo. Com as suas lentes, ele examinava ansiosamente as beiradas da tampa pesada. Então tirou do bolso um pequeno pé-de-cabra, um abridor de caixas, que introduziu em uma fenda, alavancando para trás toda a parte da frente, que parecia estar segura apenas por dois ganchos. Quando a tampa cedeu, ouviu-se o som de dilaceramento, mas ela mal havia sido aberta, e mal havia sido revelado o seu conteúdo, quando tivemos uma interrupção imprevista.

Alguém estava caminhando na capela, acima. Era o passo firme e rápido de uma pessoa com um propósito definido e que conhecia bem o chão em que caminhava. Uma luz jorrou escada abaixo, e um instante depois o homem que a segurava estava delineado na passagem em arco gótico. Era uma figura terrível, enorme em estatura e feroz em seu comportamento. Uma grande lanterna de estábulo que ele mantinha à sua frente brilhou, iluminando um rosto forte com um bigode farto e olhos irados, que miravam em torno para todos os recantos da câmara, fixando-se finalmente com uma expressão mortal sobre mim e meu companheiro.

– Quem diabos são vocês? – trovejou ele. – E o que estão fazendo na minha propriedade? – Então, como Holmes não respondeu coisa alguma, ele deu dois passos para frente e ergueu um bastão pesado que trazia na mão. – Você me ouviu? – gritou ele. – Quem são vocês? O que estão fazendo aqui? – O porrete tremeu no ar.

Mas em vez de retrair-se, Holmes avançou ao seu encontro.

– Eu também tenho uma pergunta a lhe fazer, *sir* Robert – disse ele com seu tom mais inflexível. – Quem é esta pessoa? E o que ela está fazendo aqui?

Ele se voltou e arrancou a tampa do ataúde atrás dele. No clarão da lanterna, vi um corpo embrulhado da cabeça aos pés em uma mortalha, com traços medonhos de bruxa, onde só se viam nariz e queixo e sobressaíam-se olhos opacos e vidrados, mirando fixamente a partir de um rosto pálido que se desintegrava.

O baronete vacilou para trás com um grito e apoiou-se contra um sarcófago de pedra.

– Como você ficou sabendo disso? – exclamou ele. E então, voltando um pouco ao seu jeito truculento: – O que você tem a ver com isso?

– Meu nome é Sherlock Holmes – disse meu companheiro. – Possivelmente esse nome lhe seja familiar. De qualquer modo, minha obrigação é a mesma de qualquer outro bom cidadão – defender a lei. Parece-me que o senhor tem muito a responder.

Sir Robert olhou-o de modo feroz por um momento, mas a voz serena e o modo calmo e seguro tiveram o seu efeito.

– Por Deus, sr. Holmes, está bem – ele disse. – As aparências estão contra mim, eu admito, mas eu não poderia agir de outra forma.

— Eu ficaria feliz em pensar assim, mas temo que as suas explicações têm de ser para a polícia.

Sir Robert meneou os ombros largos.

— Bom, se tiver de ser assim, que assim seja. Venha para a casa e o senhor vai poder julgar esse caso por si mesmo.

Quinze minutos mais tarde, estávamos no que julguei, a partir das fileiras de canos de armas polidos por trás de tampos de vidro, ser a sala de armas do velho solar. Ela era mobiliada confortavelmente, e ali *sir* Robert nos deixou por alguns minutos. Quando voltou, tinha a companhia de duas pessoas, uma delas a jovem espalhafatosa que tínhamos visto na carruagem e a outra, um homem pequeno com cara de rato e um jeito furtivo desagradável. Os dois aparentavam estar completamente aturdidos, o que demonstrava que o baronete ainda não tinha tido tempo para explicar-lhes a virada de rumo dos eventos.

— Aqui estão – disse *sir* Robert apontando com a mão – o sr. e a sra. Norlett. A sra. Norlett, com seu nome de solteira Evans, é há alguns anos a criada de confiança da minha irmã. Eu os trouxe aqui porque sinto que o melhor é explicar para o senhor a verdadeira situação, e eles são as duas únicas pessoas que podem confirmar o que digo.

— Isso é necessário, *sir* Robert? Pensou no que está fazendo? – exclamou a mulher.

— Com relação a mim, eu nego inteiramente qualquer responsabilidade – disse o marido.

Sir Robert olhou-o com desprezo.

— Vou assumir toda a responsabilidade – ele disse. – Agora, sr. Holmes, ouça uma simples exposição dos fatos. – Evidentemente, o senhor está bastante inteirado das minhas atividades, ou eu não o teria encontrado onde encontrei. Portanto, com toda a probabilidade, o senhor já sabe que estou correndo o Grande Prêmio com um cavalo negro e que tudo depende do sucesso dele. Se vencer, tudo fica bem. Se ele perder – bom, eu não tenho coragem nem de pensar nisso.

– Compreendo a sua posição – disse Holmes.

– Dependo da minha irmã, Lady Beatrice, para tudo. Mas é notório que os seus direitos sobre o espólio valem somente enquanto ela estiver viva. Quanto a mim, estou completamente nas mãos de agiotas. Sempre soube que, se a minha irmã morresse, os meus credores estariam sobre a minha propriedade como um bando de abutres. Tudo seria tomado; meus estábulos, meus cavalos – tudo. Bom, sr. Holmes, minha irmã *realmente* morreu uma semana atrás.

– E o senhor não contou a ninguém?

– O que eu poderia fazer? A ruína absoluta estava diante de mim. Se eu pudesse manter os credores afastados por três semanas tudo estaria bem. O marido da sua criada – este homem aqui – é um ator. Passou pelas nossas cabeças – pela minha cabeça – que ele poderia por esse curto período representar minha irmã. Era apenas o caso de aparecer diariamente na carruagem, pois ninguém precisava entrar em seu quarto, com exceção da criada. Não foi algo difícil de se conseguir. Minha irmã morreu da hidropisia que por tanto tempo a afligiu.

– Isso é algo para o médico legista decidir.

– O médico dela confirmará que por meses os seus sintomas ameaçavam tal desfecho.

– Bom, o que o senhor fez?

– O corpo não podia permanecer ali. Na primeira noite, Norlett e eu o carregamos para a velha casa onde está a caixa d'água, que agora não mais é usada. Nós fomos seguidos, no entanto, pelo seu perdigueiro de estimação, que gania continuamente na porta de madeira, então senti que algum lugar mais seguro era necessário. Eu me livrei do perdigueiro e levamos o corpo para a cripta da igreja. Não houve indignidade ou falta de respeito, sr. Holmes. Eu não sinto que tenha desrespeitado os mortos.

– A sua conduta me parece indesculpável, *sir* Robert.

O baronete sacudiu a cabeça impacientemente.

– É fácil pregar – ele disse. – Talvez o senhor pensasse de maneira diferente se estivesse na minha situação. Uma pessoa não consegue ver todas as suas esperanças e planos destruídos no último momento e não fazer um esforço para salvá-los. Pareceu-me que não seria um local indigno para o seu repouso, se a deixássemos pelo tempo necessário em um dos ataúdes dos ancestrais do seu falecido marido, no que ainda é chão sagrado. Abrimos um desses ataúdes, removemos o conteúdo e a colocamos como o senhor a viu. Com relação aos velhos restos mortais que tiramos, não podíamos deixá-los no chão da cripta. Norlett e eu os removemos, e ele desceu à noite e os queimou na fornalha central. Essa é a minha história, sr. Holmes, e como o senhor me forçou de maneira que a contasse, está além de minha compreensão.

Holmes parou por algum tempo perdido em seus pensamentos.

– Há uma falha na sua narrativa, *sir* Robert – disse ele finalmente. – As suas apostas na corrida e, portanto, as suas esperanças para o futuro se manteriam mesmo se os credores tomassem a sua propriedade.

– O cavalo seria parte dessa propriedade. O que

eles se importam com minhas apostas? O mais provável seria que eles nem corressem com ele. O meu principal credor é, infelizmente, meu mais virulento inimigo – um sujeito velhaco, Sam Brewer, em quem fui compelido uma vez a bater com um chicote de montaria em Newmarket Heath. O senhor supõe que ele tentaria me salvar?

– Bom, *sir* Robert – disse Holmes, erguendo-se –, esse caso tem, é claro, de ser reportado para a polícia. Era meu dever esclarecer os fatos é assim, esclarecidos que preciso deixá-los. Com relação à moralidade ou decência da sua própria conduta, não cabe a mim expressar uma opinião. É quase meia-noite, Watson, e creio que podemos tomar o caminho de volta para nossa humilde morada.

É de conhecimento geral, agora, que esse episódio singular terminou com uma nota mais feliz do que mereciam as ações de *sir* Robert. O Príncipe de Shoscombe venceu o Grande Prêmio, o proprietário esportista ganhou oitenta mil libras em apostas, e os credores mantiveram-se afastados até a corrida terminar, quando eles foram pagos integralmente, e sobrou o suficiente para restabelecer *sir* Robert numa posição decente na vida. Tanto a polícia quanto o juiz criminal assumiram uma visão tolerante da transação, e, além de uma censura branda pelo atraso em registrar a morte da senhora, o sortudo proprietário saiu-se ileso desse estranho incidente com uma carreira que agora superou as suas sombras e promete terminar em uma honrada velhice.

O NEGRO APOSENTADO

Sherlock Holmes estava melancólico e filosófico naquela manhã. A sua natureza alerta e prática era sujeita a tais reações.

– Você o viu? – perguntou ele.
– Você quer dizer o velho que recém saiu?
– Exatamente.
– Sim, eu o encontrei na porta.
– O que você achou dele?
– Uma criatura patética, frívola e alquebrada.
– Exatamente, Watson. Patética e frívola. Mas a vida não é patética e frívola? A vida dele não é um microcosmo do todo? Nós alcançamos. Nós pegamos. E o que sobra nas nossas mãos ao final? Uma sombra. Ou pior que uma sombra – a miséria.

– Ele é um dos seus clientes?
– Bom, suponho que eu possa chamá-lo assim. Ele foi enviado pela Yard. Assim como médicos ocasionalmente enviam os seus pacientes incuráveis para um curandeiro. Eles argumentam que não podem fazer nada mais, e que qualquer coisa que aconteça ao paciente não pode ser pior do que o estado em que ele já está.

– Do que se trata?

Holmes pegou um cartão bastante manchado da mesa.

– Josiah Amberley. Ele diz que foi o sócio minoritário da Brickfall & Amberley, que são fabricantes de materiais artísticos. Você vai ver os seus nomes em estojos de tintas. Ele fez o seu pequeno pé-de-meia, aposentou-se dos negócios aos 61 anos, comprou uma casa em Lewisham e retirou-se para descansar após uma vida de incessante labuta. Era de se esperar um futuro razoavelmente seguro.

– Sim, realmente.

Holmes lançou o olhar sobre algumas notas que havia rabiscado nas costas de um envelope.

– Aposentado em 1896, Watson. No início de 1897, casou-se com uma mulher vinte anos mais jovem que ele – uma bela mulher, também, se a fotografia não a estiver favorecendo. Uma renda suficiente para as despesas, uma mulher, lazer – parecia ter diante de si um caminho sem percalços. E, no entanto, dois anos depois, como você viu, ele é a criatura mais alquebrada e miserável que rasteja sob o sol.

– Mas o que aconteceu?

– A velha história, Watson. Um amigo traidor e uma esposa cheia de caprichos. Aparentemente, Amberley tem um passatempo na vida, o xadrez. Não muito longe de onde ele mora, há um jovem médico que também é enxadrista. Anotei o nome dele como dr. Ray Ernest. Ernest estava freqüentemente na casa, e uma intimidade entre ele e a sra. Amberley foi uma conseqüência natural, pois você tem de admitir que o nosso infeliz cliente tem poucos encantos físicos, quaisquer que sejam as suas virtudes interiores. O casal viajou na última semana – destino desconhecido. E tem mais, a esposa infiel levou junto, como sua bagagem pessoal, a caixa de documentos do velho, com boa parte das suas economias de vida dentro. É possível encontrar a dama? É possível recuperar o dinheiro? Até o momento, trata-se de um problema comum, e ainda assim um problema vital para Josiah Amberley.

– O que você vai fazer?

— Bom, a questão imediata, meu caro Watson, parece ser o que *você* vai fazer — se tiver a bondade de substituir-me. Você sabe que estou preocupado com esse caso dos dois Patriarcas Cópticos, que deve ter uma solução hoje. Realmente não tenho tempo para ir até Lewisham, e, no entanto, as evidências colhidas no local têm um valor especial. O velho foi bastante insistente com relação a isso, mas expliquei minha dificuldade. Ele está pronto para receber um representante.

— Perfeitamente — respondi. — Confesso que não vejo como possa ser de muita valia, mas estou disposto a fazer o que for possível. — E foi assim que em um entardecer de verão segui para Lewisham, mal sonhando que dentro de uma semana o caso em que estava me envolvendo seria o mais animado debate de toda a Inglaterra.

Era tarde da noite quando voltei para Baker Street e fiz um relato de minha missão.

Holmes encontrava-se com o corpo magro estirado em sua vasta cadeira, o cachimbo soltando anéis de fumaça de tabaco forte e em espirais lentas, e suas pálpebras caíam sobre os olhos tão preguiçosamente que ele poderia ter adormecido, não fosse elas se erguerem um pouco a cada parada ou passagem questionável de minha narrativa, e dois olhos acinzentados, tão brilhantes e incisivos quanto floretes, trespassarem-me com seu olhar penetrante.

— "O Recanto" é o nome da casa do sr. Josiah Amberley — expliquei. — Achei que isso o interessaria, Holmes. É como um nobre empobrecido que afundou para a companhia de seus inferiores. Você conhece aquela região, as ruas monótonas de casas de tijolos, as cansativas estradas suburbanas. Bem no centro delas, em uma pequena e confortável ilha de antigas culturas, encontra-se a velha casa, cercada por um muro alto de tijolo cozido ao sol, manchado de liquens e coberto por musgo, o tipo de muro...

– Basta de poesia, Watson – disse Holmes severamente. – Percebo que era um muro alto de tijolos.

– Exatamente. Eu não saberia qual era O Recanto se não tivesse perguntado para um desocupado que estava fumando na rua. Tenho um motivo para mencioná-lo. Era um homem alto, moreno, com um bigode farto, um tipo meio militar. Ele respondeu com a cabeça à minha pergunta e olhou-me de forma curiosamente inquisidora, fato que voltou à minha memória um pouco depois. – Eu mal tinha entrado no portão e vi o sr. Amberley vindo ao meu encontro pelo acesso. Eu apenas o vira de relance esta manhã, e ele certamente me passou a impressão de uma criatura estranha, mas quando o vi na claridade, a sua aparência era mais anormal ainda.

– Eu a estudei, é claro, e mesmo assim estou interessado em saber a sua impressão – disse Holmes.

– Ele parecia um homem literalmente vergado pela preocupação. As suas costas estavam curvadas como se carregasse um fardo pesado. No entanto, ele não era o fraco que eu imaginara primeiro, pois seus ombros e peito tinham a estrutura de um gigante, apesar de o corpo afilar-se em um par de pernas finas.

– Sapato esquerdo amassado, direito liso.

– Não observei isso.

– Não, você não o faria. Reparei no seu membro artificial. Mas siga em frente.

– Chamaram-me a atenção os cachos crespos de cabelo grisalho que se enroscavam debaixo do seu velho chapéu de palha e o rosto com uma expressão feroz e ansiosa, com traços profundos.

– Muito bom, Watson. O que ele disse?

– Ele começou despejando as suas mágoas. Percorremos juntos o caminho da casa, e obviamente dei uma boa olhada em torno. Nunca vi um lugar mais desleixado. O jardim estava abandonado, passando a impressão de uma total negligência, como se as plantas tivessem sido deixadas para encontrar o caminho da natureza em vez da arte. Como qualquer mulher decente poderia ter tolerado isso, eu não sei. A casa também estava um desmazelo completo, mas o pobre homem parecia estar consciente disso e estava tentando remediar a situação, pois uma grande lata de tinta verde encontrava-se na entrada e ele carregava na mão esquerda um pincel grosso. Ele estava pintando as partes em madeira da casa. Ele me levou para o seu aposento lúgubre, e tivemos uma longa conversa. É claro, ele estava desapontado que você não tivesse ido.

"– Eu não esperava – disse ele – que um indivíduo tão humilde quanto eu, especialmente após minha pesada perda financeira, pudesse obter a total atenção de um homem tão famoso quanto o sr. Sherlock Holmes.

"Assegurei-o de que a questão financeira não fora levantada.

"– Não, é claro, para ele é a arte pela arte – falou –, mas mesmo do lado artístico do crime ele poderia encontrar algo aqui para estudar. E a natureza humana, dr. Watson – a negra ingratidão de tudo isso! Quando recusei algum dos seus pedidos? Alguma vez uma mulher foi tão mimada? E aquele jovem – ele poderia ter sido o meu próprio filho. Ele tinha carta branca em minha casa. E ainda assim, veja como eles me trataram! Oh, dr. Watson, é um mundo terrível, terrível!

"Essa foi a sua queixa por uma hora ou mais. Ele

não tinha, ao que parece, qualquer suspeita de uma intriga. Eles viviam sós, salvo por uma mulher que vinha durante o dia e saía às seis da tarde. Naquela noite em particular, o velho Amberley, querendo agradar a sua esposa, comprara dois assentos no balcão do Haymarket Theatre. No último momento, ela reclamara de uma dor de cabeça e recusou-se a ir junto. Não parece haver dúvida sobre o fato, pois ele apresentou o ingresso não usado que ele comprara para a sua mulher."

– Isso é extraordinário – realmente extraordinário – disse Holmes, cujo interesse no caso parecia estar aumentando. – Por favor, continue, Watson. Considero sua narrativa muito interessante. Você examinou pessoalmente esse bilhete? Por acaso você não pegou o número?

– Sim, aconteceu por acaso, mas consegui – respondi com certo orgulho. – Por sorte era o meu velho número da escola, 31, e então ele ficou na minha cabeça.

– Excelente, Watson! O assento dele era então o 30 ou o 32.

– Provavelmente – respondi um pouco confuso. – E na fila B.

– Isso é muito bom. Que mais ele lhe contou?

– Ele me mostrou o seu quarto-forte, como ele o chamava. Realmente é um quarto-forte, como um banco, uma porta de ferro e uma tranca – à prova de arrombamentos, como ele sustenta. No entanto, a mulher parece que tinha uma cópia da chave, e os dois levaram perto de sete mil libras em dinheiro e títulos.

– Títulos! Como eles disporiam deles?

– Ele disse que passou para a polícia uma lista e tinha esperança que fossem invendáveis. Ele voltou do teatro em torno da meia-noite, e encontrou a casa roubada, a porta e a janela abertas e os fugitivos longe dali. Não havia uma carta ou mensagem, tampouco ele ouviu uma palavra desde então. Sem perder tempo, deu o alarme para a polícia.

Holmes meditou por alguns minutos.

– Você disse que ele estava pintando.

– Bom, ele estava pintando o corredor. Mas já tinha pintado a porta e a parte em madeira do quarto que mencionei antes.

– Não lhe chama a atenção como sendo uma ocupação estranha diante das circunstâncias?

– "A pessoa tem de fazer algo para aliviar o sofrimento." – Essa foi a sua própria explicação. É algo excêntrico, sem dúvida, mas ele é obviamente um homem excêntrico. Ele rasgou uma das fotografias da sua mulher na minha presença – rasgou-a furiosamente, em uma crise de raiva. "Nunca mais quero ver o seu rosto maldito de novo", gritou ele.

– Algo mais, Watson?

– Sim, um fato que me chamou a atenção mais do que qualquer outra coisa. Eu tinha me dirigido para a estação Blackheath e pego meu trem quando, no momento em que ele começou a se mover, vi um homem entrar precipitadamente no compartimento próximo ao meu. Você sabe que tenho um olhar aguçado para fisionomias, Holmes. Era sem dúvida o homem alto e moreno que eu havia abordado na rua. Eu o vi mais uma vez na ponte de Londres, e então o perdi na multidão. Mas estou convicto de que ele estava me seguindo.

– Sem dúvida! Sem dúvida! – disse Holmes. – Um homem alto, moreno, com um bigode farto, você disse, com óculos escuros cinzentos?

– Holmes, você é um adivinho. Eu não disse isso, mas ele usava óculos escuros cinzentos.

– E um alfinete de gravata maçônico?

– Holmes!

– Elementar, meu caro Watson. Mas vamos nos ater ao que é prático. Devo admitir que o caso, que me parecia absurdamente simples a ponto de mal chamar minha atenção, está rapidamente assumindo um aspecto muito diferente. É verdade que, embora em sua missão você tenha deixado passar tudo que fosse importante, ainda assim aquelas coisas que chamaram a sua atenção geraram questões sérias.

– O que eu deixei passar?

– Não se magoe, meu caro amigo. Você sabe que eu sou bastante impessoal. Ninguém mais teria feito melhor. Alguns possivelmente teriam feito tão bem. Mas obviamente você deixou passar alguns pontos vitais. Qual é a opinião dos vizinhos sobre Amberley e sua mulher? Isso certamente é importante. E o dr. Ernest? Ele era o jovial sedutor esperado? Com as suas vantagens naturais, Watson, toda dama é sua ajudante e cúmplice. E a garota na agência dos correios, ou a esposa do verdureiro? Eu posso vê-lo cochichando bobagens com a jovem dama do Blue Anchor e recebendo em troca informações valiosas. Tudo isso ficou por fazer.

– Ainda pode ser feito.

– Já foi feito. Graças ao telefone e à ajuda da Yard, geralmente posso conseguir dados essenciais sem deixar este quarto. Na realidade, a minha informação confirma a história do homem. Ele tem a reputação de ser um sovina, assim como um marido ríspido e severo. Que ele tem uma grande soma de dinheiro no seu quarto-forte é uma certeza. Da mesma forma que o jovem dr. Ernest é solteiro, jogava xadrez com Amberley e provavelmente lançava gracejos para sua mulher. Tudo isso parece ir de vento em popa, e poderia se pensar que não há mais nada a ser dito – e no entanto! – e no entanto!

– Onde se encontra a dificuldade?

— Na minha imaginação, talvez. Bom, deixe assim, Watson. Vamos escapar desse mundo de trabalho cansativo pela música. Carina vai cantar hoje à noite no Albert Hall, e nós ainda temos tempo para nos vestir, jantar e nos divertirmos.

De manhã cedo eu estava de pé, mas algumas migalhas de torradas e duas cascas de ovos vazias me disseram que o meu companheiro havia acordado mais cedo ainda. Encontrei uma nota rabiscada na mesa.

> Caro Watson,
> Há um ou dois pontos que eu gostaria de estabelecer com o sr. Josiah Amberley. Quando eu fizer isso, podemos abandonar o caso – ou não. Eu só pediria que você estivesse à mão em torno das três horas da tarde, já que eu acho que talvez eu precise de você.
> S. H.

Eu não vi Holmes durante todo o dia, mas na hora mencionada ele voltou, circunspecto, preocupado e arredio. Nesses momentos era melhor deixá-lo a sós.

— Amberley já chegou?

— Não.

— Ah! Estou esperando ele.

Ele não se decepcionou, pois logo o velho homem chegou com o rosto revelando muita preocupação e perplexidade.

— Recebi um telegrama, sr. Holmes. Não sei o que dizer dele. — Ele passou o telegrama e Holmes leu-o alto.

> Venha imediatamente, sem falta. Posso dar informações sobre a sua perda recente. — Elman.
> O Vicariato.

— Enviado às 2h10 de Little Purlington — disse Holmes. — Little Purlington fica em Essex, creio eu, não muito longe de Frinton. Bom, é claro, o senhor vai partir de imediato. Isso veio evidentemente de uma pessoa responsável, o pastor do lugar. Onde está o meu Crockford*? Sim, aqui o temos. J. C. Elman, *magister artium*, prebenda de Mossmoor cum Little Purlington. Veja os horários dos trens, Watson.

— Há um às 5h20 partindo da rua Liverpool.

— Excelente. É melhor que você vá com ele, Watson. Ele pode precisar de ajuda ou conselhos. Obviamente nós chegamos a um ponto crítico neste caso.

Mas o nosso cliente não parecia nem um pouco disposto a partir.

— Isso é um perfeito absurdo, sr. Holmes — disse ele. — O que esse homem pode saber do que ocorreu? Isso é uma perda de tempo e dinheiro.

— Ele não teria enviado um telegrama para o senhor caso não soubesse de algo. Envie uma resposta de imediato dizendo que está chegando.

— Eu não creio que deva ir.

Holmes assumiu a sua expressão mais severa.

— Isso causaria a pior impressão possível tanto para a polícia quanto para mim, sr. Amberley, quando uma pista tão óbvia surge e o senhor se recusa a segui-la. Ficaríamos com a idéia de que o senhor não está realmente interessado nesta investigação.

Nosso cliente pareceu horrorizado com a possibilidade.

— Sim, é claro que eu devo ir, se o senhor pensa assim — ele disse. — À primeira vista parece absurdo

---

* Diretório clerical Crockford, publicado desde 1858, que contém informações sobre a Igreja Anglicana do Reino Unido (N. do T.)

supor que essa pessoa saiba de alguma coisa, mas se o senhor acredita que...

— Eu *acredito* que sim — disse Holmes, enfático, e assim fomos lançados em nossa jornada. Antes de deixarmos o quarto, Holmes levou-me para um canto e aconselhou-me, demonstrando quão importante considerava a questão. — Qualquer coisa que você faça, tenha certeza de que ele *realmente* vá junto — disse ele. — Se ele escapar ou voltar, vá até o telefone mais próximo e diga apenas o seguinte: "fugiu". Onde quer que eu esteja, vou providenciar para que a mensagem chegue a mim.

Little Purlington não é um lugar fácil de se chegar, pois fica em uma linha secundária. Minha lembrança da viagem não é agradável, pois o tempo estava quente, o trem, vagaroso, e meu companheiro, carrancudo e calado, mal falando uma palavra, salvo para fazer um comentário irônico ocasional sobre a inutilidade do nosso empreendimento. Quando finalmente chegamos à pequena estação, ainda seguimos por mais três quilômetros até o Vicariato, onde um ministro anglicano grande, solene e um tanto pomposo recebeu-nos em seu gabinete. Nosso telegrama estava diante dele.

— Bom, cavalheiros — perguntou ele —, o que posso fazer por vocês?

— Nós viemos — expliquei — em resposta ao seu telegrama.

— Meu telegrama! Não enviei telegrama algum.

— Eu quero dizer o telegrama que o senhor enviou para o sr. Josiah Amberley sobre a sua esposa e o seu dinheiro.

— Se isso é uma piada, senhor, trata-se de uma piada de muito mau gosto — disse o pastor com raiva. — Nunca ouvi falar do cavalheiro que o senhor mencionou, e eu não enviei telegrama algum para ninguém.

Nosso cliente e eu nos entreolhamos pasmos.

– Quem sabe tenha ocorrido um erro – eu disse –, talvez existam dois pastores? Aqui está o telegrama em questão, assinado por Elman, e datado do vicariato.

– Há apenas um vicariato, senhor, e apenas um pastor, e esse telegrama é uma falsificação grosseira, a origem da qual certamente deve ser investigada pela polícia. Enquanto isso, eu não consigo ver razão alguma em prosseguir com esse encontro.

Assim, o sr. Amberley e eu nos vimos na beira de uma estrada no que parecia ser o vilarejo mais primitivo da Inglaterra. Fomos até a agência do telégrafo, mas ela já estava fechada. Havia um telefone, no entanto, no pequeno bar da estação ferroviária, Railway Arms, e dali consegui fazer contato com Holmes, que compartilhou o nosso espanto com o resultado da viagem.

– Notável! – disse a voz distante. – Realmente extraordinário! Temo muito, meu caro Watson, que não haja um trem de volta esta noite. Condenei-o inadvertidamente aos horrores de uma estalagem do interior. No entanto, sempre há a natureza, Watson – a natureza e Josiah Amberley –, você pode aproveitar uma comunhão próxima com ambos. – Ouvi o seu risinho seco quando ele desligou.

Logo ficou claro para mim que a reputação de sovina do meu companheiro não era imerecida. Ele havia resmungado sobre o custo da nossa viagem, havia insistido em viajar na terceira classe, e reclamava agora clamorosamente contra a conta do hotel. Na manhã seguinte, quando finalmente chegamos a Londres, era difícil dizer qual de nós dois estava com o pior humor.

– É melhor você passar por Baker Street no caminho – eu disse. – O sr. Holmes pode ter novas instruções.

— Se não valerem mais do que as últimas, elas não terão muita utilidade — disse Amberley, com uma carranca maldosa. Mesmo assim, continuou a me fazer companhia. Eu já tinha avisado Holmes por telegrama da hora de nossa chegada, mas encontramos uma mensagem à nossa espera de que ele estava em Lewisham e nos esperaria lá. Isso foi uma surpresa, mas uma surpresa maior ainda foi ver que ele não estava sozinho na sala de estar do nosso cliente. Um homem de aspecto severo, impassível, sentava-se atrás dele, um homem moreno com óculos escuros cinzentos e um grande alfinete maçônico projetando-se de sua gravata.

— Esse é meu amigo sr. Barker — disse Holmes. — Ele também tem se interessado por seus negócios, sr. Josiah Amberley, apesar de estarmos trabalhando independentemente. Mas temos a mesma pergunta a lhe fazer!

O sr. Amberley sentou-se pesadamente. Ele pressentira o perigo. Percebi isso em seus olhos franzidos e traços contraídos.

— Qual é a pergunta, sr. Holmes?
— Apenas isso: o que o senhor fez com os corpos?

O homem saltou de pé com um grito rouco. Suas mãos ossudas pareciam querer dilacerar o ar. A boca estava aberta, e por um instante ele lembrou alguma horrível ave de rapina. Em um relance nós vislumbramos o verdadeiro Josiah Amberley, um demônio desfigurado com uma alma tão distorcida quanto o seu corpo. Quando ele caiu de volta na sua cadeira, levou a mão à boca como se fosse abafar um acesso de tosse. Holmes saltou como um tigre na sua garganta e torceu seu rosto para o chão. Uma pílula branca caiu de seus lábios ofegantes.

— Sem atalhos, Josiah Amberley. As coisas têm de ser feitas decentemente e com ordem. E agora, Barker?

— Tenho um cabriolé à porta – disse o nosso taciturno companheiro.

— O posto policial fica a apenas algumas centenas de metros. Nós vamos juntos. Você pode ficar aqui, Watson. Devo estar de volta dentro de meia hora.

O velho negro tinha a força de um leão, mas era impotente nas mãos de dois detetives experientes em dominar pessoas pela força. Torcendo-se e debatendo-se, ele foi arrastado para o cabriolé que os esperava, e fui deixado para minha vigília solitária naquela casa de mau agouro. Em menos tempo do que havia dito, no entanto, Holmes estava de volta na companhia de um jovem e elegante inspetor de polícia.

— Deixei Barker para cuidar das formalidades – disse Holmes. – Você não conheceu Barker, Watson. Ele é meu odiado rival na região de Surrey. Quando você disse um homem alto e moreno, não foi difícil completar o quadro. Ele tem vários bons casos para seu crédito, não é verdade, inspetor?

— Ele certamente interferiu várias vezes – respondeu o inspetor com reserva.

— Os seus métodos são irregulares, não há dúvida, como os meus. Como o senhor sabe, métodos irregulares são úteis algumas vezes. O senhor, por exemplo, com a sua advertência compulsória de que qualquer coisa que ele diga poder ser usada contra ele, nunca conseguiria enganar esse velhaco com o que foi praticamente uma confissão.

— Talvez não. Mas nós chegamos lá do mesmo jeito, sr. Holmes. Não pense que não tínhamos formado os nossos pontos de vista sobre esse caso, e que não teríamos colocado as mãos sobre o nosso homem. O senhor vai desculpar-nos por ficarmos magoados quando surge repentinamente com métodos que nós não podemos usar, e assim nos rouba o crédito.

– Não haverá tal roubo, MacKinnon. Eu lhe asseguro que vou retirar-me agora, e, com relação a Barker, ele não fez nada salvo o que lhe mandei fazer.

O inspetor parecia consideravelmente aliviado.

– Isso é muito generoso de sua parte, sr. Holmes. Elogios ou censuras pouco significam para o senhor, mas isso é muito diferente para nós, quando os jornais começam a fazer perguntas.

– Verdade. Mas de qualquer jeito eles certamente vão fazer perguntas, então da mesma forma seria bom ter respostas. O que o senhor vai dizer, por exemplo, quando um repórter inteligente e arrojado lhe perguntar quais foram exatamente os pontos que lhe despertaram a suspeita e finalmente lhe deram uma certa convicção com relação aos fatos?

O inspetor parecia desorientado.

– Não creio que tenhamos quaisquer fatos até o momento, sr. Holmes. O senhor disse que o prisioneiro, na presença de três testemunhas, praticamente confessou, ao tentar cometer suicídio, que havia assassinado a sua esposa e o amante dela. Que outros fatos o senhor tem?

– O senhor tomou as providências para proceder com uma busca?

– Há três policiais a caminho.

– Então logo o senhor contará com o fato mais claro de todos. Os corpos não podem estar longe. Tente os porões e o jardim. Não deve levar muito para cavar nos lugares mais prováveis. Essa casa é mais velha do que a água encanada. Deve haver um poço abandonado em algum lugar. Tente lá.

– Mas como o senhor ficou sabendo disso, e como foi feito?

– Vou mostrar primeiro como aconteceu, e então vou lhe dar a explicação devida, e mais ainda para meu inestimável amigo aqui, que vem sofrendo durante todo o processo. Mas, primeiro, farei uma breve leitura do caráter desse homem. Trata-se de algo muito incomum – tanto que acredito que o seu destino mais provável é um manicômio, e não um cadafalso. Ele tem, em alto grau, o tipo de mente que se associa à índole de um italiano medieval, e não a de um britânico moderno. Ele era um sovina miserável que desgraçou tanto a vida de sua mulher com mesquinharias, que ela se tornou presa fácil para qualquer aventureiro. E um tipo desses entrou em cena na pessoa desse médico enxadrista. Amberley destacava-se no xadrez – uma marca, Watson, de uma mente ardilosa. Como todos os sovinas, era um homem ciumento, e o seu ciúme tornou-se uma obsessão desvairada. Justa ou injustamente, ele suspeitava de uma intriga. Ele estava determinado a se vingar, e planejou isso com uma engenhosidade diabólica. Venham cá!

Holmes conduziu-nos pelo corredor com tamanha segurança que parecia que vivia na casa, e parou em frente à porta aberta do quarto-forte.

– Nossa! Que cheiro forte de tinta! – exclamou o inspetor.

– Essa foi a nossa primeira pista – disse Holmes. – O senhor pode agradecer à observação do dr. Watson por isso, apesar de ele ter falhado ao não tirar uma conclusão. Isso me colocou no caminho certo. Por que um homem nessas circunstâncias estaria enchendo a casa com odores fortes? Obviamente, para encobrir algum outro cheiro que ele gostaria de dissimular – algum cheiro que despertaria suspeitas. Então veio a idéia de um quarto como o que o senhor viu aqui, com uma porta de ferro e uma tranca – um quarto hermeticamente fechado. Junte esses dois fatos, e para onde eles nos levam? Eu só poderia determinar isso investigando a casa. Eu já estava certo de que o caso era sério, pois tinha examinado o mapa da bilheteria no teatro Haymarket – outro tiro certeiro do dr. Watson – e certifiquei-me de que nem o assento 30B tampouco o 32B do balcão haviam sido ocupados naquela noite. Portanto, Amberley não tinha ido ao teatro, e o seu álibi caiu por terra. Ele deu um péssimo escorregão quando permitiu que meu amigo astuto visse o número do assento comprado para sua esposa. A questão que surgiu então foi como eu poderia examinar a casa. Enviei um agente para o vilarejo mais remoto que consegui conceber e intimei meu homem a ir lá em uma hora tal que ele não poderia voltar no mesmo dia. Para evitar qualquer contratempo, dr. Watson acompanhou-o. O bom nome do pastor eu tirei, é claro, do meu *Crockford*. Fui claro até agora?

– Magistral – disse o inspetor com um tom de voz reverente.

– Não havendo perigo de ser interrompido, procedi ao arrombamento a casa. Ser arrombador sempre foi uma profissão alternativa, caso quisesse adotá-la, e não tenho dúvida de que me destacaria nela. Observe o que eu achei. O senhor vê o cano de gás junto ao rodapé aqui. Muito bem. Ele sobe com o ângulo da parede, e há um bico aqui no canto. O cano segue para o quarto-forte, como pode ver, e termina naquela rosa de gesso no centro do teto, onde fica escondido pela ornamentação. A extremidade está totalmente aberta. A qualquer momento, ao abrir o bico de fora, o quarto poderia ser tomado pelo gás. Com a porta e a tranca fechadas e o bico totalmente aberto, eu não daria dois minutos de consciência para qualquer um trancado nesta pequena câmara. Com que expediente diabólico ele os atraiu para cá eu não sei, mas uma vez dentro, eles estavam à sua mercê.

O inspetor examinou o cano com interesse.

– Um dos nossos policiais mencionou o cheiro de gás – ele disse –, mas, é claro, a janela e a porta estavam abertas, e a pintura – um pouco dela – já naquele momento estava sendo feita. Ele havia começado o trabalho no dia anterior, de acordo com a sua história. Mas e o que mais, sr. Holmes?

– Bom, então aconteceu um incidente que foi bastante inesperado para mim. Eu estava saindo pela janela da copa, de madrugada, quando senti uma mão no meu colarinho, e uma voz disse: – "Então, seu velhaco, o que está fazendo aqui?". Quando consegui virar a cabeça, deparei-me com os óculos escuros do meu amigo e rival, sr. Barker. Foi um encontro curioso, e nós dois sorrimos. Parece que ele foi contratado pela família do dr. Ray Ernest para fazer algumas investigações e chegou à mesma conclusão de jogo sujo. Ele estava vigiando a casa há alguns dias, e havia identificado o dr. Watson como uma das figuras obviamente suspeitas que haviam estado lá. Ele não podia prender Watson, mas quando viu um homem realmente saindo para a rua pela janela da copa, chegou ao limite da sua prudência. É claro, contei para ele a situação em que se encontrava o caso e nós continuamos trabalhando juntos.

– Por que ele? Por que não nós?

– Porque eu tinha em mente fazer aquele pequeno teste que deu uma resposta tão admirável. Temo que vocês não teriam ido tão longe.

O inspetor sorriu.

– Bom, talvez não. Então tenho sua palavra, sr. Holmes, de que vai deixar o caso agora e nos passar todos os resultados.

– Certamente, esse sempre é o meu costume.

– Bom, em nome da corporação, eu lhe agradeço. Parece-me um caso claro, como o senhor colocou, e não deve haver muita dificuldade em relação aos corpos.

– Vou lhe mostrar uma pequena evidência sinistra – disse Holmes – e tenho certeza de que o próprio Amberley nunca a viu. O senhor vai conseguir resultados, inspetor, ao colocar-se sempre no lugar da outra pessoa e pensar o que faria em determinada situação. É preciso alguma imaginação, mas vale a pena. Agora, vamos supor que o senhor estivesse trancado neste quarto pequeno, com nem dois minutos de vida restando, mas querendo vingar-se do sujeito perverso que provavelmente estava zombando do senhor do outro lado da porta. O que faria?

– Escreveria uma mensagem.

– Exatamente. O senhor gostaria de contar para as pessoas como morreu. De nada valeria escrever em um papel. Isso seria visto. Se o senhor escrevesse na parede, isso chamaria a atenção de algum olhar. Agora, olhe aqui! Logo acima do rodapé está rabiscado com um lápis indelével roxo: "Nós, nós…". Isso é tudo.

– O que o senhor diz disso?

– Bom, está a apenas trinta centímetros do chão. O pobre coitado estava no chão e morrendo quando escreveu isso. Ele perdeu os sentidos antes de terminar.

– Ele estava escrevendo, "Nós fomos assassinados".

– Essa é a minha interpretação. Se o senhor encontrar um lápis junto ao corpo…

– Vamos procurar por ele, pode ter certeza. Mas e aqueles títulos? Claramente não houve roubo algum.

E no entanto ele *realmente* possuía esses títulos. Nós verificamos isso.

– O senhor pode ter certeza de que ele os tem escondidos em algum lugar seguro. Quando a fuga tivesse entrado para a história, ele de repente os descobriria, e anunciaria que o casal culpado havia se compadecido e enviado de volta o roubo ou deixado no caminho.

– O senhor parece ter coberto todos os ângulos – disse o inspetor. – É claro, é natural que ele nos chamasse, mas por que ele o chamaria é algo que não compreendo.

– Pura bravata! – respondeu Holmes. – Ele se sentia tão esperto e seguro de si que imaginava que ninguém o pegaria. Ele podia dizer para qualquer vizinho que suspeitasse dele, "Olhe as medidas que eu tomei. Consultei não somente a polícia, mas até Sherlock Holmes".

O inspetor riu.

– Temos de perdoar o seu "até", sr. Holmes – ele disse –, pois este foi o trabalho mais bem-executado de que me lembro.

Alguns dias mais tarde, meu amigo arremessou uma cópia do bissemanário *North surrey observer*. Sob uma série de manchetes chamativas, que começavam com "O horror no Recanto" e terminavam com "Investigação policial brilhante", havia uma coluna resumida que fez o primeiro relato do caso. O parágrafo de conclusão é típico do conjunto. Seguia assim:

"A perspicácia extraordinária do inspetor MacKinnon ao deduzir a partir do cheiro de tinta que outro cheiro, de gás, por exemplo, poderia ser dissimulado; a dedução audaciosa de que o quarto-forte poderia também ser a câmara de morte; e a investigação subseqüente que levou à descoberta dos corpos em um poço abandonado, engenhosamente disfarçado por um canil, deve entrar para a história do crime como um exemplo duradouro da inteligência dos nossos detetives profissionais."

– Bom, bom, MacKinnon é um bom sujeito – disse Holmes, com um sorriso tolerante. – Você pode guardar isso nos seus arquivos, Watson. Algum dia a verdadeira história poderá ser contada.

Coleção L&PM POCKET

1. Mate-me por favor (vol.1) – L. McNeil
2. Mate-me por favor (vol.2) – L. McNeil
1. Carta ao pai – Kafka
2. Os Vagabundos iluminados – J. Kerouac
3(7). O enforcado – Simenon
4(8). A fúria de Maigret – Simenon
5. Vargas, uma biografia política – H. Silva
6. Poesia reunida (vol.1) – A. R. de Sant'Anna
7. Poesia reunida (vol.2) – A. R. de Sant'Anna
78. Alice no país do espelho – Lewis Carroll
79. Residência na Terra 1 – Pablo Neruda
80. Residência na Terra 2 – Pablo Neruda
81. Terceira Residência – Pablo Neruda
82. O delírio amoroso – Bocage
83. Futebol ao sol e à sombra – E. Galeano
84(9). O porto das brumas – Simenon
85(10). Maigret e seu morto – Simenon
86. Radicci 4 – Iotti
87. Boas maneiras & sucesso nos negócios – Celia Ribeiro
88. Uma história Farroupilha – M. Scliar
89. Na mesa ninguém envelhece – J. A. P. Machado
90. 200 receitas inéditas do Anonymus Gourmet – J. A. Pinheiro Machado
91. Guia prático do Português correto – vol.2 – Cláudio Moreno
92. Breviário das terras do Brasil – Luis A. de Assis Brasil
93. Cantos Cerimoniais – Pablo Neruda
94. Jardim de Inverno – Pablo Neruda
95. Antonio e Cleópatra – William Shakespeare
96. Tróia – Cláudio Moreno
97. Meu tio matou um cara – Jorge Furtado
98. O anatomista – Federico Andahazi
99. As viagens de Gulliver – Jonathan Swift
400. Dom Quixote – v.1 – Miguel de Cervantes
401. Dom Quixote – v.2 – Miguel de Cervantes
402. Sozinho no Pólo Norte – Thomas Brandolin
403. Matadouro Cinco – Kurt Vonnegut
404. Delta de Vênus – Anaïs Nins
405. Hagar 2 – Dick Browne
406. É grave Doutor? – Nani
407. Orai pornô – Nani
408(11). Maigret em Nova York – Simenon
409(12). O assassino sem rosto – Simenon
410(13). O mistério das jóias roubadas – Simenon
411. A irmãzinha – Raymond Chandler
412. Três contos – Gustave Flaubert
413. De ratos e homens – John Steinbeck
414. Lazarilho de Tormes
415. Triângulo das águas – Caio Fernando Abreu
416. 100 receitas de carnes – Sílvio Lancellotti
417. Histórias de robôs: volume 1 – Isaac Asimov
418. Histórias de robôs: volume 2 – Isaac Asimov
419. Histórias de robôs: volume 3 – Isaac Asimov
420. O país dos centauros – Tabajara Ruas
421. A república de Anita – Tabajara Ruas
422. A carga dos lanceiros – Tabajara Ruas
423. Um amigo de Kafka – Isaac Singer
424. As alegres matronas de Windsor – Shakespeare
425. Amor e exílio – Isaac Bashevis Singer
426. Use & abuse do seu signo – Marília Fiorillo e Marylou Simonsen
427. Pigmaleão – Bernard Shaw
428. As fenícias – Eurípides
429. Everest – Thomaz Brandolin
430. A arte de furtar – Anônimo do séc. XVI
431. Billy Bud – Herman Melville
432. A rosa separada – Pablo Neruda
433. Elegia – Pablo Neruda
434. A garota de Cassidy – David Goodis
435. Como fazer a guerra: máximas de Napoleão
436. Poemas de Emily Dickinson
437. Gracias por el fuego – Mario Benedetti
438. O sofá – Crébillon Fils
439. O "Martín Fierro" – Jorge Luis Borges
440. Trabalhos de amor perdidos – W. Shakespeare
441. O melhor de Hagar 3 – Dik Browne
442. Os Maias (volume1) – Eça de Queiroz
443. Os Maias (volume2) – Eça de Queiroz
444. Anti-Justine – Restif De La Bretonne
445. Juventude – Joseph Conrad
446. Singularidades de uma rapariga loura – Eça de Queiroz
447. Janela para a morte – Raymond Chandler
448. Um amor de Swann – Marcel Proust
449. À paz perpétua – Immanuel Kant
450. A conquista do México – Hernan Cortez
451. Defeitos escolhidos e 2000 – Pablo Neruda
452. O casamento do céu e do inferno – William Blake
453. A primeira viagem ao redor do mundo – Antonio Pigafetta
454(14). Uma sombra na janela – Simenon
455(15). A noite da encruzilhada – Simenon
456(16). A velha senhora – Simenon
457. Sartre – Annie Cohen-Solal
458. Discurso do método – René Descartes
459. Garfield em grande forma – Jim Davis
460. Garfield está de dieta – Jim Davis
461. O livro das feras – Patricia Highsmith
462. Viajante solitário – Jack Kerouac
463. Auto da barca do inferno – Gil Vicente

Coleção L&PM POCKET / SAÚDE

1. Pílulas para viver melhor – Dr. Lucchese
2. Pílulas para prolongar a juventude – Dr. Lucchese
3. Desembarcando o Diabetes – Dr. Lucchese
4. Desembarcando o Sedentarismo – Dr. Fernando Lucchese e Cláudio Castro
5. Desembarcando a Hipertensão – Dr. Lucchese